LE CYCLE DU SOLEIL NOIR

邪神《メシア》の覚醒

エリック・ジャコメッティ＆ジャック・ラヴェンヌ

大林薫［監訳］

江村諭実香／郷奈緒子／練合薫子［翻訳］

竹書房文庫

邪神《メシア》の覚醒　上

《言い伝えによれば、四つのスワスティカを手にする者が世界を征するという》

――『トゥーレ・ボレアリスの書』より

第一巻『ナチスの聖杯』のあらすじ

一九三九年　チベット

親衛隊長官ハインリッヒ・ヒムラーの命でチベットに遠征した調査団が、秘境の洞窟で何千年ものあいだ封印されてきた神聖なる遺物《レリック》を発見する。それは、四つあると伝えられているうちの一つ、鉤十字《スワスティカ》を象《かたど》ったレリックだった。発見のきっかけとなったのは『トゥーレ・ボレアリスの書』という古文書である。前年の一九三八年十一月に起きた〈水晶の夜《クリスタル・ナハト》〉――ユダヤ人排斥事件の際、親衛隊がユダヤ人の経営する古書店から強奪したもので、その中には四つのスワスティカの在りかのヒントが示されていた。その書物によれば、スワスティカを所有する者には計り知れない力がもたらされ、さらに四つすべてを揃えれば、絶対的な支配力を手にすることができるという。

一九四一年　スペインからフランスへ

スペイン内戦時に国際義勇軍に参加していたフランス人のトリスタンは、フランコ政権下のバルセロナで刑務所に収監され、処刑を待つ身となっていた。だが、ナチスの学術研究機関〈アーネンエルベ〉の所長カール・ヴァイストルト上級大佐の介入によって、刑死を免れる。大佐はトリスタンを調査団に引き入れ、第二のスワスティカを探すべく南仏のモンセギュール城に向かう。調査団にはヒムラーが目をかけている考古学者エリカ・フォン・エスリンクも加わった。モンセギュールに乗りこんできたナチスの調査団に対し、城を所有する貴族の娘、ロール・デスティヤックは激しい敵意を燃やす。

一九四一年　ロンドン

イギリスでは、ウィストン・チャーチル首相の肝いりで創設された特務機関ＳＯＥ（特殊作戦執行部）の司令官マローリーが、『トゥーレ・ボレアリスの書』の存在とナチスが進めている奇怪な調査についての情報を摑んでいた。マローリーはスワスティカの人智を超えた力について説き、首相からその回収作戦の許可を取りつける。

一九四一年五月　モンセギュール

トリスタンはマローリーが送りこんだ工作員だった。特殊部隊を率いたマローリーはトリスタンの助けを得て第二のスワスティカの回収に成功し、ナチスにはまんまと偽のスワスティカを摑ませた。しかし、この回収作戦で特殊部隊はほとんどのメンバーを失い、作戦に協力したロール・デスティヤックの父親も命を落とす。残されたロールはマローリーに連れられてイギリスに渡る。一方、ヴァイストルト大佐は争奪戦の際に重傷を負い、昏睡状態に陥る。

一九四一年六月　ベルリン

ナチスがモンセギュールから持ち帰った偽のスワスティカは、親衛隊の拠点ヴェヴェルスブルク城に『トゥーレ・ボレアリスの書』とともに安置された。重体のヴァイストルト大佐に代わり、考古学者のエリカがアーネンエルベの所長代行を務めることになる。潜入中のトリスタンはスワスティカの回収に貢献した功績を称えられ、ヒムラーから鉄十字勲章を授与される。

一九四一年六月二十二日　対ソ侵攻

向かうところ敵なしとばかりにヒトラーはソ連に侵攻。ユダヤ人をはじめ、戦争捕虜や現地住民の大量虐殺が始まる。ドイツが二方面作戦に踏みきったことに乗じて、イギリスは新たに舵を切ろうとする。

◆本作に登場する主要舞台地◆

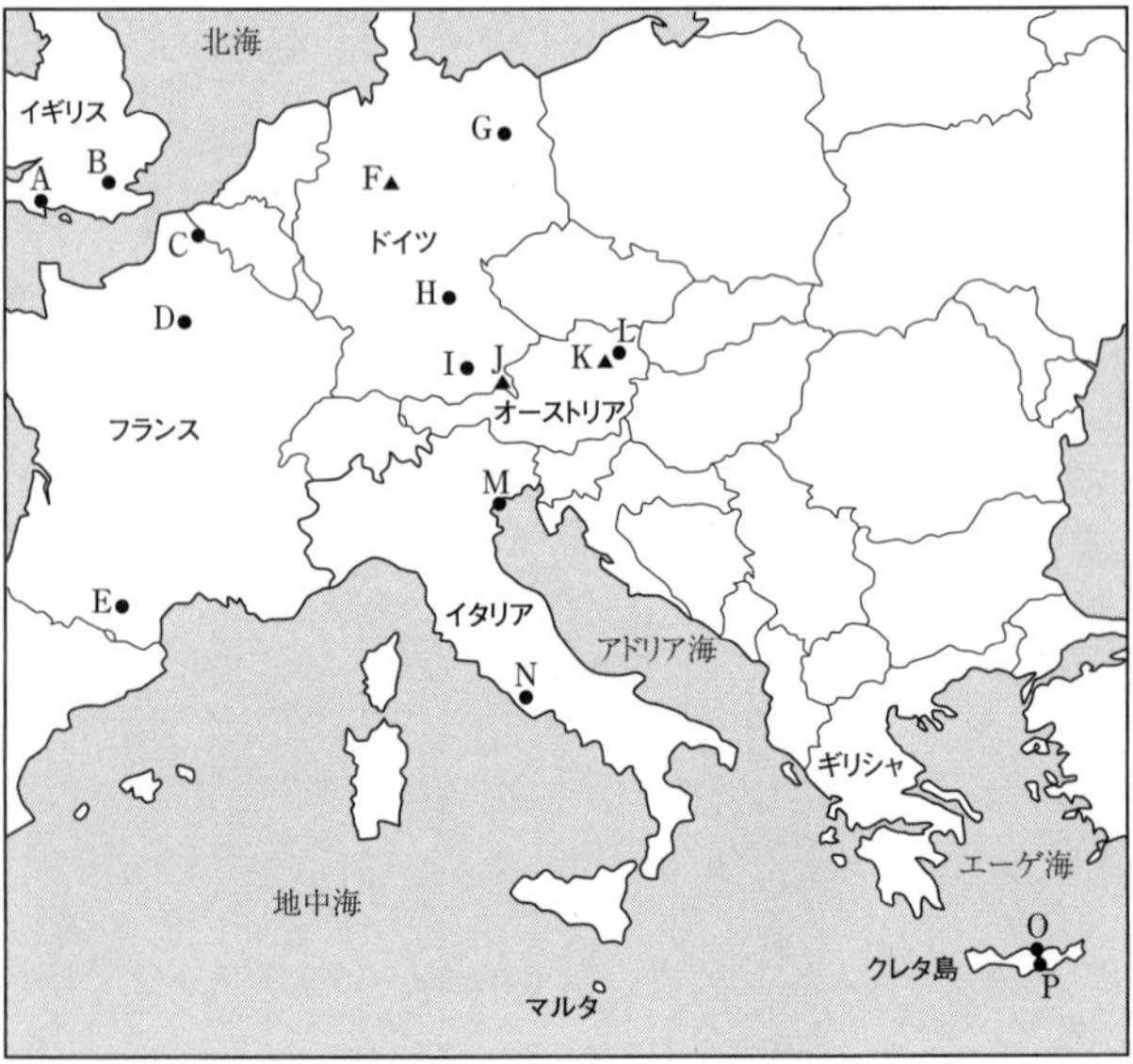

A	サウサンプトン	I	ミュンヘン
B	ロンドン	J	ベルクホーフ(ヒトラーの別荘)
C	ウェルヴィック＝スュッド	K	ハイリゲンクロイツ修道院
D	パリ	L	ウィーン
E	モンセギュール	M	ヴェネツィア
F	ヴェヴェルスブルク城	N	ローマ
G	ベルリン	O	イラクリオン
H	ニュルンベルク	P	クノッソス

PROLOGUE

一九四一年　秋
クレタ島

いつか来る。必ず来る。代々そう語り継がれてきた。長きにわたり、村人はそれに備えてきた。先代も、そのまた先代も。村の起源にまで遡るほどはるか昔から、それが来ることはわかっていた。

いつ来るのかはわからない。その正体も不明だった。だが、そうして何世紀もの時を経て、村人はついにその日を迎えたことを悟った。

賊は夜の闇に紛れてやって来た。

血染めの夜が幕を切ろうとしていた。

五人組の農夫は足音を忍ばせてオリーブの林を縫うように進んだ。辺りが宵闇に沈むなか、前方に奇妙な形のオリーブの木が現れる。高さは人の背丈ほど、動《やや》もすると人影に見えなくもない。吹きつける風で幹が曲がり、今にも倒れんばかりだが、人一人が隠れるには十分だ。斥候《せっこう》役の一人が根もとに屈みこみ、耳を澄ます。闇の声を聞いているのだ。闇が黙することはない。聞こえる者だけに聞こえる囁き。幾度も繰り返される言葉。

よそ者《クセニ》！
よそ者《クセニ》！
よそ者《クセニ》！

「奴らだ」

北方より鉄兜の戦士来たりて、汝らが土地を汚すべし。いにしえの極北の地より出で来たる者より託されし神聖なる宝を盗まんと……。

間違いない。大昔の預言のとおりだった。あのわがもの顔に歩き回る金髪の男ども、あれは紛れもなく蛮族だ。

かぐわしい風がそよぎ、オリーブの葉をさざめかす。先祖の代からこの林で奏でられてきた平和の調べもまた、あのよそ者たちによって損なわれようとしている。

得体の知れぬ侵略者がもたらした不協和音——地面を踏みしだくブーツの踵、肩に掛けたライフルの銃床が尻を打つ不穏な響き。それらは戦《いくさ》の噪音《そうおん》であり、迫りくる死の声である。

だが、死神が矛の向きを変えることもあるのだ。

オリーブ林に潜む五人組が動きだす。まずは敵情を知るべしと、相手方の人数を確かめる。

一人、二人……三人だ。

ライフルは塀に立てかけてある。ライターから火花が散り、煙草の先に小さな円が赤く点る。今や向こうは無防備そのものだ。殺《や》るなら今だ。

神聖にして侵すべからざる領域を汚す外道どもには死の鉄槌を下す。農夫たちはその使命を担う五人組だった。先々代、先代と、代々受け継いできた使命である。

五人は農耕に従事するかたわら、フィラカス《番人》を務めていた。

全員がこの蜂蜜の島、クレタ島に生まれ、神の血筋を引いている。クレタ島は、未来の神々の父となるゼウスを身ごもった女神レアに選ばれし場所(注1)なのだ。

武器はキュロを用いる。島の人間御用達の切れ味鋭い飛び出しナイフだ。刻み目の入った刃はしずく型で、心なしか赤みを帯びている。つい最近も、この刃の餌食となって血を抜かれた者がいるのだ。

木の陰から様子をうかがっていた五人は、暗闇の中でにやりとした。敵の一人がベルトを外し、上着を脱いだところだ。慣れない暑さに音を上げたに違いない。寒さしか知らないような冷血な輩なのだろう。

連中は生白い体を夜風に晒《さら》していた。

だが、そんなことをしていられるのも今のうちだ。

キュロを手に、先鋒を務めるフィラカスが林の外に出る。一日たりとも手入れを欠かしたことのない刃がスムーズに角製《ホーン》のグリップから飛び出す。両面には光に反射しないように炭を塗ってある。残る四人もあとに続いた。今や五人組は牙を研ぎ澄ました猟犬である。

敵はこちらに背を向けていた。井戸を囲み、水を汲むのに忙しい。こちらにはまったく気づいていない。耳に入ってくるのは、あちこちぶつかりながら井戸の底から引き上げられる桶の響きだけなのだろう。おおかた日中はろくに水を飲むこともできなかったに違いない。欲求を満たすものしか眼中にないようだ。

連中は自分たちの立場をまるで忘れていた。

喉を潤すことだけに集中している。

先頭に立ったフィラカスがにじり寄る。

五人組の頭《かしら》だ。

頭は息を殺し、水桶が井戸の縁石に当たる音がするや、手前の男に襲いかかった。

キュロの鋭い切っ先が脇腹にするりと呑みこまれる。とてつもない痛みに声も出ないのか、男は天を振り仰ぎ、はじめて星に気づいたかのように目を剝いている。そして、闇に視界を奪われ、静かにくずおれた。ほかの二人は桶に口を寄せ、夢中で水をすくって飲んでいる。近づく運命の足音もその耳に届かない。ずぶりと首に刃がのめり込む。水の味が変だと気づいたときにはもう遅い。血が喉の渇きを癒していく。

五人は男たちの死体を並べた。井戸を中心に放射状に置く。

それから胸で十字を切る。罪の許しを乞うわけではない。まだ、やるべきことがある。

このあとに何よりおぞましい作業が待っているのだ。

続いて死体は仰向けにされた。

それぞれの胸骨の真下にキュロを突き立て、一呼吸置いてから縦に引く。切り裂かれた皮膚が濡れた唇さながらに開いていく。

その開きかけた唇にフィラカスたちは手を突っこんだ。

そして、中をまさぐる。

五人が立ち上がると、地面から甘く苦い香りが立ち上った。

死《タナトス》が舞い降りたのだ。

魂を宿す臓器を抜き取ったとき、はじめて本当の死が訪れる。

第一部

《ヒトラーが生まれる前から、わたしはいる(注1)》

——アレイスター・クロウリー

《自分はドイツの救世主《メシア》であるという思いこみが、彼独自の権力の源となった。それゆえに八千万の民の指導者となり得たのだ》

——ヴァルター・シェレンベルク（親衛隊情報部国外諜報局局長）

The Labyrinth: Memoirs of Walter Schellenberg, Hitler's Chief of Counterintelligence（『ヒトラーの回想録』より。邦訳『秘密機関長の手記』大久保和郎訳／角川書店）

一

一九四一年十一月
イギリス南部
サウサンプトン

鉛色の空に水平線が霞んでいた。幕を張ったような雨が銀色の海面を激しく叩いている。海軍の天気予報のとおりになった。天気はいつも南西から崩れてくる。南西――、それはフランスの方角だ。まだ午後三時だったが、港湾事務所ではすでに標識灯を点灯していた。風はまだ弱いが、強くなりそうな気配である。

港内が俄然忙しくなってきた。なにしろサウサンプトン港はイギリス南部ではポーツマス港に次ぐ重要な軍事拠点である。三つのメイン・ドックには、大小さまざまな船舶が次々とひっきりなしに発着する。戦争が始まってからというもの、歴史ある大西洋航路の定期船や麗しきクリッパー船は姿を消し、代わりに貨物船や軍艦が行き交うようになっていた。タイタニック号の悲劇も、今となっては口の端に上ることもない。もはやサウサンプトンから船旅に出かける者などいない。サウサンプトンは軍港なのだ。

コーンウォリス号の操舵室《ブリッジ》から、キルデア船長は主桟橋上のコンテナクレーンの動きを睨んでいた。最後の貨物の積上げがまだ終わっていない。本来なら、二時間以上も前に錨を上げていなければならなかったはずである。ドイツ空軍《ルフトヴァッフェ》の急襲に備え、できるだけ早いうちに河口を出て、ワイト島を通過しておきたかった。とはいえ——イギリスはスピットファイア部隊の善戦により航空戦に勝利していた——、敵の戦略爆撃は続いている。サウサンプトンとポーツマスは今もなおその標的にされており、港にとどまっていれば、コーンウォリス号はふとっちょゲーリング率いるハゲタカどもの恰好の餌食にされてしまう。

作業の遅れに苛立ち、キルデアは受話器を取り上げると、船倉にいる責任者を呼び出した。

「おい、マシュー、荷役たちは何を手間取っているんだ？　ここで朝を迎える気か？」

「あと一つで終わりますから、船長。油圧クレーンのジャッキが上がらなくなっちまって。合成油がまずかったようです」

「油のせいにするとはな。いっそナチスの妨害工作があったとでも言ったらどうだ？　戦争だっていうのに、ずいぶん悠長に構えているな」

電話を切っても、怒りは一向に収まらなかった。もっとも、機嫌が悪いのは今に始まったことではない。一週間前、キルデアは街の中心部にある船主の事務所で開かれた会議に出席した。その席で、キュナード・ライン社の海運事業部長からコーンウォリス号の船長に任命されたのだ。コーンウォリス号は小さな巡航船で、行き先はニューヨークだという。

あんな巡航船ごときの船長をやれと？　キルデアはごめん被りたかった。

開戦前、キルデアはもっぱら大型貨物船に乗っていた。ありがたいことにどこへ行っても客受けがよく、船長としての評判は上々だった。荷主から預かった品に優劣はつけず、どんな貨物でも目的の港まで確実に届ける。マカオで船が難波したときには、船員の多くがわれ先にと逃げ出すなか、キルデアは最後まで貨物を守りぬいた。以来、船主たちが競ってキルデアを引き抜こうとしてきた。

そんな華々しい経歴を誇るキルデアがわざわざ呼び出され、操船することになったのが、このコーンウォリス号というわけなのだ。まったく、クイーン・メリー号級の大型客船ならまだしも……。

キルデアは、コーンウォリス号がアメリカに精密機器を輸送することになっていると聞かされた。なんでも海軍参謀部による敵を欺くための策略で、かつて大西洋艦隊にいた将校の進言を受けての作戦らしい。

操舵室のドアが不快な音を立てて開き、背の高い男が入ってきた。ベージュのコートを着て、手にはフェルトのソフト帽を持っている。キルデアはにこりともせず男を冷ややかな目で見た。

「失礼します、船長。ジョン・ブラウンと申します。お目にかかれて光栄です」男は落ち着いた口調で言った。

キルデアは不審げにブラウンと名乗る男を見つめた。男が来ることは、前もって知らされていた。キュナード・ライン社の秘書課によれば、どこかのお偉方らしい。四十代から五十代と思しきその男は、面長で青白い顔をしている。典型的なロンドンの官僚風で、役所や銀行によくいるタイプだ。ジョン・ブラウンという名にしても、いかにも偽名っぽくて胡散臭い。嫌な予感がする。キルデアは素っ気なく挨拶を返し、握手した。意外に若いのか、相手は力強く握り返してくる。そのうえ微笑みまで浮かべている。

「何か用でも?」キルデアはぶっきらぼうに訊いた。

「出航はいつ頃になりますか?」

「三十分後くらいですかね」

「そうですか。実は部下を一人乗船させています。航海中は何かとご厄介をおかけすることになると思いますが」

キルデアは肩をすくめた。

「ああ、B－三五号室の髭面の無礼でヤニ臭い男性客のことですか？　あの鉛色のアタッシェケースを肌身離さず持っている人ね。船上では乗客はあくまでも乗客ですから。特別扱いはしませんよ。さあ、もうよければ、出航の準備がありますので。一応、あなたのその部下とやらのことは副船長に伝えておきます。では……」

キルデアは話を終わらせようとそっぽを向き、計器盤のチェックに取りかかった。だが、男が出ていく気配はなかった。

「船長、誤解がないように言っておきますが……」

振り返ると、目の前に顔写真付きの軍人の身分証明書が揺れている。

《陸軍戦略局　司令官　ジェームズ・マローリー》

「確かに髭面の無礼な男はわたしの部下です。彼はイギリス政府の最重要極秘任務を負っています。そのようなわけで、乗船中はよろしくお取り計らい願います。ご無理を言って申し訳ありません」

キルデアはピシッと姿勢を正した。四年間、英国海軍に在籍していたこともあり、相手が軍の司令官と知って反射的に気をつけの姿勢をとっていた。

「司令官殿、これはたいへん失礼いたしました。それならそうと、もっと早く言ってくだされば……。ドイツの急襲が気になり、少々ピリピリしておりました……。できるだけ早く出航いたします。お申し越しの件はお任せください」

「先週、ポーツマスでドイツのスパイ網が解体されました。その残党を警戒しています。ここにあなた宛ての封書があります」

司令官が内閣府の封蝋で封印された黄色のビニール製の封筒を差し出す。

「沖に出てから開封してください。中に指示が書かれています。首相命令であることがおわかりいただけるでしょう。心してお読みください。のちほど無礼者の部下、アンドリュー大尉が説明に伺います」

「それほど重要な任務を帯びていながら、民間の船舶に紛れこむのはいかがなものでしょうか？　こちらは乗客三十名の命を預かっています。戦時中とはいえ、関係のない民間人を巻きこむのは、その……まっとうではないように思うのですが」

司令官は笑った。

「ヒトラーやナチスはまっとうですか？　おっしゃることはごもっともですが、心配無用です。乗客は全員、訓練を受けた者たちです。緊急事態にも対処できます。さらに、航海中は二隻の潜水艦が護衛します。敵に気づかれないように行動しますので、ご安心ください。現在、港の外に待機させています。大西洋ではドイツの潜水艦Uボートがうようよしていますが、敵が狙っているのは輸送艦隊や大型貨物船です。魚雷は高価ですから、民間の小さな輸送船にまで発射するようなことはないでしょう」

操舵室にサイレンが二度鳴り響いた。副船長が荷役作業が終了したことを知らせてきたのだ。

「ああ、いよいよ出航ですね。幸運をお祈りします」

司令官はしばらくキルデアを見つめてから再び口を開いた。

「この戦争の行方があなたの手にかかっていると言ったら、信じていただけますか？」

「あなたの部下の風貌を見る限り、とても信じられません。ですが、今は平時では考えられないようなことが起きていますからね。こうしてミスター・ブラウンを名乗る司令官と話していることも、チョビ髭男の命令下でヨーロッパ中が踊らされているのも、現実に起きていることですから。いずれにせよ、お預かりした荷物は目的地までお届けしましょう。たとえ、サルガッソーの魔の海域を通ることになっても、ネプチューンと対峙することになっても」

司令官はキルデアの肩を叩くと、コートの裾を翻して操舵室を出ていった。


外はだいぶ気温が下がってきていた。湿り気を帯びた空気が襟の中に入りこんでくる。濡れた波止場に降り立ったとき、コーンウォリス号のサイレンが鳴り響いた。芥子《からし》色のつなぎの作業員がもやい綱をほどき、デッキで待ちかまえる船員に投げる。

ＳＯＥの司令官ジェームズ・マローリーはゆっくりと岸壁から離れていくコーンウォリス号の黒い船首を見つめていた。不思議な力を持つ四つのスワスティカの一つがあの船の中にある。連合国陣営が手中にしたスワスティカが、今、アメリカに向けて旅立ったのだ。それにしても、なんという皮肉だろうか。コーンウォリス卿――アメリカ独立戦争でジョージ・ワシントンと戦を交え、降伏したイギリスの将軍の名を冠した船が、スワスティカをアメリカに運ぶ役目を仰せつかったとは。

重油の臭いが辺りにたちこめていた。船が河口のほうに舳先を向ける。船倉からエンジンが唸りを上げている。

マローリーは船に最後の一瞥をくれると、フェルト帽を被り、港湾事務所に向かった。そこではロール・デスティヤックがアミルカー(注2)に乗って待っている。

スワスティカが何千キロも離れた海の向こうへと旅立つのを見届けた今、マローリーは心ならずもほっとしていた。あのスワスティカは命懸けでナチスから守りぬいたものだった。実際に、ミッションの途中で命を落とした仲間たちもいる。

不意に意識の底からジェーンの顔が浮かび上がってきた。子どもがびっくりしたような、あどけない表情をしている。これまでに幾度となく思い返してきた顔だ。爆風で吹き飛ばされ、草原に倒れこんだジェーン。あのとき、遠目ながら波打つブロンドの髪まで見えていた。ジェーンははるか南仏のピレネー山脈の近く、モンセギュールの草地で艶れ(注2)

た。何世紀も前、カタリ派の信者たちが火刑に処されたその場所で。ジェーンを助けることができなかった。いや、助けなかったと言うべきだろう。見放したのだ。スワスティカを守るために。自分は卑怯者も同然だ。

城から退散するときに交わしたキスを、マローリーはいまだに忘れられずにいた。長いキスだった。あのときの彼女は、健気にもそれが最後のキスになることがわかっていたかのようだった。

大粒の雨が波止場に点々と染みをつけていた。マローリーは身震いをし、マフラーを首にしっかりと巻きつけた。雨粒が帽子を叩く。ジェーンの顔が滲んで消え、マローリーは一人置き去りにされた。

そう、そうやってマローリーは孤独に生きてきた。普通の暮らしなどとうに諦めている。妻とは別れた。子どももはいない。犬も飼っていない。自分の職務を果たすためだけに生きている。スワスティカを追い求める道に進んだのも、自らの選択ではない。そういう運命《さだめ》なのだ。自分が盤上の駒に過ぎないことはわかっている。だが、何を賭したゲームなのだろう。盤上では太古の昔より戦いが繰り広げられてきた。自分はただの歩兵《ポーン》なのか、あるいは主要な駒なのか。それはわからないが、古今東西、盤上で燃え尽きた者たちがいることは確かである。

マローリーは歩を速めた。港湾事務所はドックの向こう岸にある。ずぶ濡れの体で車に乗りたくはない。

突然、甲高いサイレン音が港内の空気を切り裂いた。全身を凄まじい勢いで血が駆けめぐりだした。おのずと脚の筋肉もそれに応えて動く。開戦以来、ほとんどのイギリス人がそうであるように、サイレンが聞こえると勝手に体が反応する。マローリーは岸壁沿いを息を切らして走った。

あともう何分もない。こんなところで死んでなるものか。

船のサイレンではない。空襲警報だ。敵機来襲を知らせる叫びだ。

敵機来襲――ドイツの猛禽によってもたらされるのは、血と炎、そして、死なのだ。

二

一九四一年十一月
クレタ島
クノッソス(注3)

カール・ヘスナーは絶叫して目が覚めた。即座に枕もとを探る。拳銃のグリップが手に触れると、動悸が鎮まった。またただ。夜中に目を覚ますたびに、いつもこうなる。口の中がカラカラで息も荒い。嫌な耳鳴りもした。耳の中に羽虫がいるような堪えがたい音。全身が底知れぬ恐怖に浸されている。クレタ島に来るまでは経験したこともないような名状しがたい恐怖。死、闇、未知なるもの……何を一番恐れているのか。それさえもわからない。これまで発掘調査一筋でシャベルと手箒《てぼうき》くらいしか扱ったことのない自分が、今や拳銃を手にしていないと安心できなくなっている――。

気づくと、耳鳴りはやんでいた。だが、喉が異様に渇く。ここに来てから、四六時中、喉が渇きを訴えていた。晩秋を迎える頃なのに、島ではうだるような暑さが続いている。特に夜は寝苦しい。それでも、ヘスナーは優遇されていて、軍が接収した民家で寝泊まりできるからましなほうだろう。堅固な造りの屋内にいれば、多少なりとも熱気はしのげる。それに引き換え、テント生活を強いられている兵士たちはろくに睡眠もとれていないようだ。作業員の睡眠不足が祟り、発掘調査は一向に捗らない。

ベルリンには何度も増援要請をしてきたが——なにしろ対象となる調査現場は拡大する一方だった——、アーネンエルベの上司、ヴァイストルト所長が任務中に重傷を負い、今なお意識が戻らないと聞いている。この期に及んで、国内でクレタ島に関心を寄せてくれそうな人間など、ほかにはいないだろう。なんといっても、大量の兵士がロシア侵攻に投入されているのだ。昨今、ドイツの眼差しは東方に向けられている。いずれモスクワは怒濤のようなドイツの攻勢に屈し、陥落してしまうに違いない。ヘスナーは起き上がると、頭を左右に振った。政治には興味がない。ましてや戦争のことなど考えたくもない。ナチスについては……実際のところ、軽蔑していた。ヘスナーはインテリゲンチャだった。同じドイツ人といえども、党大会で熱狂する参加者たちや、黒い制服に身を固め、踵を打ち鳴らして敬礼をする親衛隊の連中、とりわけ演壇で拳を振り上げ、がなりたてるあのチョビ髭男には、なんら共感できるものがなかった。なぜドイツはあんな男ごときの手の中に落ちてしまったのか？

ヘスナーは洗面台の蛇口をひねると、生温かい水の中に頭ごと突っこんだ。心の澱《おり》を雪《すす》ごうとするかのように。確かに自分は卑怯者だ。その自覚はあった。大勢の若者が東部戦線で命を危険に晒しているときに、自分はといえば、歯ブラシでアンフォラ(注4)にこびりついた土を優しくこそげ落としているだけだ。兵役に就く代わりに、複数の学位にものを言わせ、アーネンエルベに採用されたのだ。戦場に斃れる覚悟をするくらいなら、ナチスお抱えの考古学者でいたほうがよほどましだという思いで。

体が震えだしていた。

これで死は避けられた。そう思っていたのに。

今の状況は戦場よりも質《たち》が悪い。

不安で夜もおちおち眠れないヘスナーの心を落ち着かせてくれるのが、唯一、考古調査の仕事だった。

ヘスナーは二階に上がった。二階の部屋は元の家主が図書室に改造したものである。部屋の窓は幅が狭く、天守の銃眼を思わせた。おそらくは冬の冷たい風や夏の苛烈な日差しを防ぐためなのだろう。それでも、ヘスナーにとってこの図書室は聖域のようなものだった。とにかく、中に入ってしまえば安心できる……。部屋の三方の壁は本で埋まり、キャビネットの引き出しを開ければ、発掘した大量の遺物が目を楽しませてくれる。ここだけは暴力や脅威とは無縁の世界だ——幻想だとわかっていても、ヘスナーはそれに必死ですがりつこうとした。そのくせ、拳銃にはいつでも手を掛けられるようにしておいた。

ヘスナーは一直線に正面の木製の長机に向かった。そこには出土品の中でも特に価値のあるものばかりが集められている。

アーネンエルベの考古学調査団が現地入りしたのは、六月になって間もない頃だった。五月にドイツの空挺部隊と島を防衛する連合軍とのあいだで激しい戦闘が繰り返され、最終的にはドイツ軍がクレタ島全域を占領している。とはいえ、完全制圧したわけではなく、島には抵抗勢力の残党が潜んでいた。そんな安全が保証されていない状況下で、調査団は慌ただしくクノッソスの遺跡の調査に取りかかったのである。

この発掘調査は、ミノタウロスと迷宮《ラビュリントス》の神話(注5)に惹かれたヒムラー長官のたっての希望で実施されていた。ヘスナーが意外に思ったのは、長官がクノッソス以外のギリシャの遺跡にはまったく興味を示していないことだった。長官は遺物の出土状況について詳しく知りたがっており、調査団は一刻も早く報告を上げるように急かされた。そんなわけで発掘作業は急ピッチで進められ、調査を開始して数週間も経たないうちに、それはもう見事としか言いようのない文化遺物が続々と見つかった。ヘスナーは、とりわけ希少性の高いものを手もとに残しておいた。本来ならすぐにでもベルリンに送らなくてはならないのだが、なかなか手放せずにいるのだ。イルカと戯れる少年たちを描いたフレスコ画の断片。手首に蛇を絡ませた、乳房も露わな大理石の女神像。戦争のさなかにあって、これらの出土品が醸しだす静謐でのどやかな美しさは、ヘスナーにとってひたすら生きるよすがとなっていた。

長机の上では貴重な遺物たちがヘスナーを待っていた。ヘスナーはそのうちの一つに目を留めた。縁に細かな彫刻が施された楕円形の金細工の工芸品。金でできていなければ、小さな手鏡かと見紛うばかりの代物だ。

貴金属の出土品は、今回の発掘調査でははじめてだった。遺構の煉瓦壁の隅に灰が敷いてあるところがあり、その上で発見されたのだが、捨てられていたとか、紛れこんでいたとか、そういった感じは一切なく、意図があってそこに置かれたものかに思われた。たとえば、奉納品のようなものとして。電灯の光を反射させると、それはきらきらと煌いた。どれくらいのあいだ世に埋もれていたのだろう。きっと、何世紀もの長い眠りについていたに違いない。いずれにせよ、たった今完成したばかりのような輝きを放っている。ヘスナーは上部の縁にごく小さな孔が開いているのに気づいた。おそらく鎖を通すための孔だろう。だとすれば、これは装身具ではないか？　女性が首から外して神々に供えようとしたのかもしれない。あるいは、もっぱら祭祀用に装着するものか？

ヘスナーは大きく息を吐いた。

目覚めたときのあの息苦しさは和らぎつつある。金細工は恐怖を忘れさせるほど美しかった。しかし、あるものを目にしたとたん、ヘスナーの心は波立った。表面に刻印がある。細工師はあるシンボルを刻んでいた。今やヨーロッパ全土を席巻しているあのシンボル……。

スワスティカ《鉤十字》だ。

ヘスナーは射すくめられたようにその刻印を見つめた。指でなぞってその感触を確かめてみたかったが、怖くなって思いとどまった。長い眠りから目覚めたスワスティカの、得体の知れない邪気の影響を受けでもしたら、それこそ……。

いやいや、馬鹿げている！

ヘスナーは激しくかぶりを振った。自分は霊媒師などではない。考古学者だ。分析し、解釈するのが仕事ではないか。妄想に溺れるなど、もっての外だ。

喉が渇ききっていた。階下の台所で喉を潤したらもう眠ろう。こんな真夜中に作業などするべきではない。このまま起きていたら、見なくていいものまで見えてしまうようになる……。

それでもヘスナーはその場を動かず、心をざわつかせるそのシンボルに見入っていた。何千年もの昔、この小さな金色《こんじき》の細工物に丁寧にスワスティカを刻みつけた人物がいたのだ。そこにはどんな理由があったのだろう？　このシンボルは何を意味するものなのか？　どんな価値があったのか？　何より、どうしてこのシンボルが時を超えて、改めてドイツに出現し、国旗のどまん中に据えられるようになったのか？　まさにその点が謎である。不吉な予感に囚われて、ヘスナーはぞっとした。何世紀ものあいだ歴史の闇に沈んでいたこのシンボルが、意味もなくこの世に蘇るはずがない。長い眠りのあいだにひたすらエネルギーを蓄え、それがあふれんばかりとなった今、力を発揮しようとしているのだとしたら……。

ヘスナーは額に手をやった。熱があるようだ。

やはり、そうか。熱のせいだ。そうでなければ、こんな非科学的な思考に陥るわけがない。

厄災を遠ざけるかのように、ヘスナーは急いで金細工を裏返しにした。明日、ベルリンに送ってしまおう。長官はお喜びになるに違いない。どんな小さなものでも、スワスティカであれば大歓迎されるに決まっている。こちらとて厄介払いしてしまえば、馬鹿げた妄想に悩まされることもなくなるだろう。いわれのない恐怖も消え去るはずだ。

それで一件落着だ。

不意に階下からドアを叩く音が聞こえた。

「ヘスナー博士！」

狭い窓から松明に照らし出された二人の兵士が見えた。服装は乱れ、銃を手にしている。ヘスナーはテーブルに戻ると、番号を振った箱に金細工を丁寧にしまい、引き出しに入れて鍵をかけた。一つ一つの動作に時間をかけながらゆっくりと行動する。今、この部屋に得体の知れない何かがいるかもしれないのだ。そいつが背後に立っていたら……。そう思うと、恐ろしくてなかなか振り返ることができない。

「ヘスナー博士！　開けてください！　早く！」

木製のドアが太鼓のように打ち鳴らされた。これ以上待たせるわけにはいかない。思いきって振り返ると、誰もいなかった。ヘスナーは部屋を飛び出し、一気に階段を駆け下りて玄関に向かった。錠を外してドアを開けると、兵士は二人とも恐怖で顔を引きつらせていた。

「また殺《や》られました！」


村は発掘現場から近かった。両側に低い家並みが続く狭い路地が何本も走り、その中に教会の青い丸屋根が一際高くそびえている。見張りの兵士たちが設置した投光器が、そこら中を余すところなく照らし出していた。眩い光の中を野良犬が一匹、迷惑そうに路地に向かって逃げていく。住民たちはみな鎧戸を閉めきって家の中から出てこない。司祭だけが一人、皺くちゃのシートの前に跪いて祈りを捧げている。それを見て、ヘスナーは足を止めた。当直将校の大尉が近づいてきて、無言でヘスナーの腕に手をかけると、司祭から離れた場所に連れて行った。

「今度も三人です！」

「あそこが殺害現場ですか？」

「いえ、死体が発見されたのは村の外れです。三人は水汲みの当番でした」

「こんな夜中に水汲みを？」

「この島には抵抗勢力がまだ大勢潜んでいます。給水所に毒が仕込まれることも考えられるため、離れた井戸まで汲みに行かせているのです。毎回、水汲みのポイントは変えているのですが」

ヘスナーは額に手を当てた。焼けるように熱い。だが、体の不調を悟られるわけにはいかない。手が震えないように気をつけながら、シートを指さした。

「どうして死体を現場から動かしたのですか？　これでは犯人を突きとめる手がかりや証拠が……」

「証拠ですか。証拠ならあります！　住民どもがこぞって犯行に手を貸しているのです。ゲリラに情報を流しているのは連中ですよ。今度という今度は、ただではおかない、ただでは！」

即座にヘスナーは、村への弾圧が始まるのだと察知した。そうなれば、発掘作業は立ち行かなくなってしまう。

「遺体が発見されたきっかけは？」

大尉は一歩後ずさった。

「犬ですよ。この呪われた島では野犬が常に腹を空かせています。きっと血の臭いを嗅ぎつけたのでしょう。犬がずっと吠えているので、偵察の者が様子を見に行ったところ……」

「わかりました。遺体を見せてください」

見張りに立っていた兵士が銃で小突いて司祭を脇に退《ど》かせた。投光器が泥だらけのジュートのシートを照らしている。兵士はシートをめくるなり、顔を背けた。

見る限り、それらが人体であるとはとうてい思えなかった。激しく損傷し、ずたずたにされている。近づいてみると、ほとんど肉塊と変わりない。すでに黒ずんでおり、骨格は元の形をとどめておらず、内臓がえぐりとられている。ぐちゃぐちゃ、ぼろぼろの細切れ状態だ。ヘスナーは嫌悪感を覚えながらも、死体の上に屈みこんだ。一体の頭部は、あちこちが砕け、小さな骨片が顔面に貼りついている。ヘスナーは合図して、大尉を呼び寄せた。

「これはいったいどういうことです?」

大尉は咳払いをしてから答えた。

「ヘスナー博士、われわれが駆けつけたときには、犬どもが猛烈な勢いで死体を貪りまくっていたのです。すぐに回収するのはとても無理でした。それで、最初に威嚇射撃をし、それから……」

ヘスナーは体がふらつき、支えになるものを探したが、あいにく見つからなかった。

「遺体は……軍医のところに運んで……検死してもらってください。検死が可能であればですが」

　今や村は籠城戦に突入した野営地のごとき様相を呈していた。外部に通じる道はすべて封鎖され、機動部隊がオリーブ畑に面した民家を監視する。装甲車両のヘッドライトが家々の正面を照らし出す一方で、広場に設置された投光器の光が集中的に村の長老たちの住居を狙う。

「隊長、付近一帯の封鎖が完了しました」

　兵士の報告に大尉が頷く。このままでは大事《おおごと》になりかねない。大尉の横で、ヘスナーは憂色を浮かべた。

「何をしようというのです？　住民全員を家に閉じこめておくつもりですか？　発掘現場ではどうしても地元の人たちの協力が必要になってきます。地元の協力を得られずして物資を調達することはできません。何よりも調査を第一に考えるべきではないでしょうか？」

　大尉は襟もとの髑髏の刺繍をちらつかせた。

「わたしは親衛隊の人間です。部下を三人も殺されたのです。もちろんこちらでも調査、しますよ。一軒ずつ虱《しらみ》潰しにね」

「ゲリラの仕業だというなら、とっくに遠くまで逃げのびているでしょう。調べたところで見つからないのでは？」

「犯人は逃げても、その身内がいるでしょう」

「どうするつもりですか？」

「人質を取るのです。それぞれの家から女と子どもを一人ずつ」

ヘスナーは激しく抗議した。

「民間人に手を出すなんて、あんまりではないですか！」

「何も殺しはしませんよ。痛めつけるまでもない。すぐに口を割ります」

「本当に？」

「間違いありません。司祭、村長、長老の全員を銃殺刑に処せばたちどころに」


ドイツ軍の野戦病院は村から離れたところに設営されていた。有刺鉄線の囲いの中にいくつかのテントが立ち、その中で軍医と看護師が、症状が重くてまだ本国に送還できずにいる傷病兵士たちの治療に当たっている。ドイツ側の空挺部隊による島の制圧作戦は激しい戦闘の結果、勝利を収めたものの、その代償は大きく、横に併設された墓地は埋葬されたばかりの墓でひしめいていた。闇の中にぼんやりと浮かぶそれらのまだ新しい塚を横目に、ヘスナーは先を急いだ。目指すはKテントである。クノッソスの村で殺害された兵士たちの亡骸はそこに運びこまれていた。

「ヘスナー博士ですね？」

白っぽいシャツを着た男が杭に肘をついて煙草をくゆらせていた。ゆっくりと吐いた煙が白い渦となり、崩れて闇に消えていく。

「どうぞお入りください。遺体は中にあります」

風防付きランプの下、血のこびりついた長机の上に三体の死体が寝かされている。

「ここもう掃除をしなくなって長いのでね」しかたないことだからとでも言わんばかりに、軍医は釈明した。

「殺害の手口は？」訊いても無駄と知りつつ、ヘスナーは尋ねた。

軍医は煙草を地面に捨てると、念入りに足で踏み消した。

「断定はできません。なにせ損壊が激しいので」

ヘスナーは咳払いをした。

「その、犬に襲われる前、兵士たちは……」

「生きていたのか、ということですかな？　いや、すでに死んでいました。でなければ、犬に襲われたとき、とっさに手で顔を覆おうとしたはずです。人間は反射的にそのような防衛反応を見せるものですからね。しかしながら、手や腕には嚙みつかれた跡が見受けられませんでした……」

「神よ、感謝します」ヘスナーは思わず呟いた。

軍医は肩をすくめた。

「ほう、哀れな兵士たちの亡骸が犬に食われるのを放置した神に感謝するわけですか……。それであなたはいったいここに何をしにいらしたのでしょう？　治安を引き受けるべきは軍人であって、考古学者ではないと思いますがね」

「事故なり事件なり、何か重大な出来事があった場合、わたしからヒムラー長官に報告を入れることになっています。といっても、単にゲリラに襲撃されたくらいのことでは、その必要もないのですが。軍医殿の所見をお聞かせ願えますか」

軍医が黙っているので、ヘスナーはさらに迫った。

「教えてください。たとえば、何か特殊な外傷創があったとか……」

すると、軍医は両手に手袋を嵌め、死体に近づいた。

「あるいは、ドイツ軍のものとは違う銃創が認められるとか……」

「三体とも、銃撃による死亡でないことは確かです」

軍医がそばに寄るように合図した。血みどろの死体は、それぞれ鋤《すき》で耕した畑を思わせた。

「見てください。ここです」

ヘスナーはどろどろの組織とちぎれた腸《はらわた》が一緒くたになった腹部を覗きこんだ。凄まじい臭いが鼻を刺す。ほかの損傷部よりも大きくて深い創口が確認できる。

「こちらの二体にも、まったく同じような創口があります。わたしならヒムラー長官に報告を入れますがね」

「わざわざ報告するようなことですか?」ヘスナーはうんざりした。「確かにひどい状態で、胴体の真ん中に穴が開いてはいますが……」

「どの死体からも肝臓が抜き取られているんですよ」

三

一九四一年十一月
イギリス南部
サウサンプトン

ロールは赤く塗られたコンクリートのバンカー《掩体壕》のほうを見た。サイレンはそこから聞こえてくる。だが、確かめる間もなく、サイレンはすぐに鳴りやんだ。雨がやむのと同時だった。バンカーの入口の前に兵士が立っている。足もとにはヘルメットがボウルをひっくり返したように転がっていた。ロールはそばに近づいた。

「何があったのですか?」

「大丈夫。試験運用です。すぐに平常に戻ります」

バンカーの横には自走式対空砲が停められていた。空に向けられた長い砲身でそれとわかる。砲塔に座った兵士がこちらを向いて口笛を吹いた。それが何を意味しているのかはわからない。

ロールはほっと息をつき、モーランド製の煙草に火を点けながら、コーンウォリス号が接岸していたDドックがあるほうへ視線を走らせた。出航までにそう時間はかからないはずだとマローリーは言っていた。サイレンも鳴ったことだし、早めに戻ってくるだろう。

　できれば、港湾事務所の正面に停めた車の中で待っていたかった。なんとなく靄がかったような港の全景、磯臭い風がもたらすエンジンオイルや重油の臭い、潮や海泥の臭いの染みついた船員たち……。どうも馴染めない。自分は山で育った人間だから……。空気のきれいな広々とした場所に馴れ親しんできた。

　ロールはアミルカーのボンネットにもたれ、モーランドのカラメルのような香りを満喫した。イギリスに渡ってきてから煙草の量が一気に増えたが、きついと感じたことは一度もない。SOEで集中的に鍛えられて筋肉が付き、精神的にも強くなった。四か月間、地獄の特訓と厳しい規律、苛酷な節制を耐え抜いてみせた。が、しかし、それはまだほんの序の口に過ぎないのだろう。カタリ派の末裔、デスティヤック家のロールはもうここにはいない。カタリ派の郷モンセギュールに暮らしていた頃は、絢爛豪華《けんらんごうか》な城や立派な騎士、宮廷恋愛ばかりを夢見ている少女だった。自分は貴族の姫君だと思っていた。けれども、人間の狂気が自分を戦士に変えた。SOEでは、あくどい破壊工作や、あらゆる形の殺害および拷問の手法を習得した。貴族のプライドはかなぐり捨て、すっかり別の人間に生まれ変わったのだ。工作員として研鑽を積めば積むほど、それが自信につながっている。

　新たにコードネームも与えられた。マチルダという。

マチルダ工作員。

自分の趣味ではない。そう思って、ロールはもっと洒落た名前を要求した。けれども、言下に却下された。どうやらSOEの人間は、個人の好みに耳を傾けてくれるほど暇ではないらしい。だが、たとえロールからマチルダとなっても、この胸にふつふつと滾《たぎ》る復讐の念は消えはしない。父は、ここから一千キロを隔てたモンセギュールのデスティヤック家の地所で今も横たわっている。ナチスの凶弾に斃れた父。そのときから、SOEのスローガン――ドイツに鉄槌を下す――が自らのスローガンとなった。願いはただ一つ。フランスに戻り、自らに課せられた使命を全《まっと》うすることだ。

雨に濡れたアスファルトに靴音が響いた。マローリーが顔を真っ赤にして走ってくる。

「司令官、大丈夫ですよ。さっきのサイレンはテストだそうです。訓練みたいなものです」ロールは明るく声をかけた。

多くのイギリス人に見られるように、マローリーの白い肌はすぐ赤みを帯びる。マローリーはほっとしたように歩きだしながら、マフラーを外した。

「今回のミッションはこれで完了ですか?」

「完了した。神の恵みがわれわれとともにあれば、コーンウォリス号は七日後にチェサピーク湾に到着する。アメリカ沿岸警備隊がスワスティカを回収し、然るべき場所に移管するだろう。あの呪わしいレリックが戦局を有利に導いてくれることを願うのみだ」

「ヒトラーに対抗する国は、もうイギリスだけではありません。ナチスに侵攻されてからは、スターリンもわたしたちの側につきました」

「ああ、そうだな。しかし、それだけではまだ心もとない。最新の情報では、ドイツの装甲師団がモスクワ目前に迫っているらしい。あとはアメリカが参戦し、連合国入りしてくれるといいのだが。そうすれば、形勢が逆転する」

「どうしてコーンウォリス号はニューヨーク港でレリックを降ろさないんですか？」

「ドイツの潜水艦がマンハッタン沖で発見されて、アメリカは慎重になっている。おそらくアメリカは……」

　マローリーが最後まで言い終わらないうちに、またサイレンが鳴りだした。

「まずい。今度は本物かもしれませんよ」ロールは、二人の兵士が自走砲の砲塔に大急ぎでよじ上るのを見て呟いた。

　ベージュの上着を着た男が港湾事務所から飛び出してきて、危うくロールにぶつかりそうになる。

「ちょっと……気をつけなさいよ」ロールは怒鳴った。

「敵機です！　あそこの消防署に避難してください！　退避所があります」

　低く唸るような音がして湿った空気が震えだす。ロールとマローリーは港の入口のほうを見た。空に黒い鳥のような大群が見える。

「いかん！」マローリーが叫んだ。

轟音が炸裂し、水路に引き寄せられるようにメッサーシュミットＢｆ１０９戦闘機がみるみる急降下してくる。逃げる暇はない。慌てて地に伏せる。機関砲が連射され、アミルカーから何メートルと離れていないアスファルトの上を銃痕が二列になって走っていく。男が一人なぎ倒される。先ほどぶつかりそうになった男だ。

戦闘機は唸り声を上げながら頭上を通り過ぎていった。パイロットの白いスカーフまで見えるほどの超低空飛行だった。二人が立ち上がった瞬間、激しい爆発が起き、港湾事務所の建物が吹き飛んだ。瓦礫がにわか雨のように降り注ぎ、大量の木切れやガラスの破片が地上に襲いかかった。あちこちから呻き声が聞こえてくる。マローリーはロールを助け起こした。ロールはこめかみから血を流していた。

「おい、大丈夫か？」

「平気です。ほんのかすり傷です。訓練時に比べたらどうってことありません」

毒々しい黒煙が港中に広がり、ほとんど視界が利かない。辺りに立ちこめる燃料の燃える臭い。ロールは息を止めているうちに肺がはちきれそうになった。頭上では、轟音が激しさを増していく。壮絶な撃ち合いだ。十メートルほど先で、対空砲が次々と火を噴いている。

炎に包まれた男が倉庫のあった辺りからよろめきながら現れた。男は何歩か歩いたところでばたりと倒れ、ミミズのようにのたうち回った。再び爆発があった。今度はドックのほうだ。靴に水しぶきがかかる。

マローリーは車のグローブボックスから双眼鏡を取り出した。煙を透かすように海を見る。渦巻く黒煙の間隙を突き、レンズの向こうに船が姿を見せた。マローリーは血の気が引いた。

「コーンウォリス号が！」

船は右舷に傾いていた。大きな煙突から灰色の煙を盛んに吐き出している。周囲の海上は炎に包まれ、目を覆わんばかりの惨状だ。錨地《びょうち》の入口付近では、停泊していた二隻の大型貨物船がもろに標的にされたらしい。暗い水中に呑みこまれていくところだ。あちこちから大勢の船員が海に飛びこんでいる。そんななかでコーンウォリス号はバランスを立て直そうとしていた。そのときだった。奇妙な風切り音が大気を震わした。

二機の爆撃機がドック目がけて垂直に突っこんでくる。ユンカースＪｕ87〈シュトゥーカ〉(注6)……。マローリーは茫然とした。逆ガル翼が特徴的なその姿。あの悪魔の急降下を見るのは、スペイン内戦時のマドリッド以来だ。その急降下爆撃の命中精度は、それこそずば抜けていた。

「ジェリコのラッパ……」マローリーは呟いた。

「どうしてそんな呼び方をするんですか？」ロールが尋ねた。「シュトゥーカですよね。

映像で見たことがあります。移動中の民間人が機銃掃射の犠牲になっていました」

「ドイツ人は敵を威嚇するために、急降下時に駆動するサイレンを取りつけたんだ。スペインの兵士たちはそれを〝ジェリコのラッパ〟と呼んで恐れていた。シュトゥーカを振りきって逃げられる可能性は万に一つもない」

コーンウォリス号の船長は迫りくる脅威をすでに察知していたようだ。もうもうと黒煙を上げる瀕死の二隻の貨物船の隙間に船が入っていく。

「無茶よ！　自殺行為だわ」ロールが叫んだ。

「いや、ここは船長の腕の見せどころだ。貨物船の陰に隠れてやり過ごす気だ」

シュトゥーカは機体をロールさせながら海面すれすれにドックを通り過ぎると、埠頭の端にあるガソリン倉庫に爆弾を放った。燃料タンクが爆発し、大きく炎を噴き上げる。

マローリーは再びドックに双眼鏡を向けた。

「何も見えない……。あっ、いたぞ。あんなところに。やってくれるじゃないか、キルデア船長め、男を上げたな」

コーンウォリス号のサイレンが勝利の雄叫びのように港に鳴り響く。船は河口に一番近い埠頭をとうに通り越していて、見る間に遠ざかっていった。

ほっとしてマローリーは双眼鏡を下ろした。と、そのとき、背後でロールが何か叫ぶのが聞こえ、いきなり前に突き飛ばされた。うつ伏せに倒れこんだ次の瞬間、何かが不気味に軋《きし》む音がしたかと思うと、凄まじい衝撃が地面に走った。気づくと、背中にロールが覆いかぶさっていた。耳もとでロールの声がした。

「焼きが回りましたか、司令官」

ロールに助け起こされて立ち上がると、マローリーは埃を払いながら後ろを見た。地面にひしゃげたホイストクレーンが横たわっている。もう三秒遅かったら、下敷きになっていたところだ。

「助かったよ、ロール。よく体が動いたな。ラグビーのイギリス代表メンバー並みのタックルだった」

「訓練の賜物ですかね。なにしろ爆弾の仕掛け方から鉄道の破壊工作、武器がなくても隣にいる人を殺せる方法まで叩きこまれましたから。殺し方は少なくとも五通り教わっています」

青い作業着の男が二人、近づいてきた。ヘルメットには白字で〈W〉とある。空襲監視員(注7)だ。

「急いで避難してください。地下避難所まで案内します。第二波が来ます」

マローリーとロールは消防署を目指して走った。入口の前では大勢の人々が押し合いへし合いしている。新たに港の北側で爆発が起きた。黒い空にオレンジ色の炎が噴き上げ、周囲が熱風に包まれた。

「焼夷弾《しょういだん》だ！」

人々がわれ先にと避難所に続く階段に殺到する。二人も人の波に押されるように階段の近くまで来た。

「みなさん、落ち着いてください！」部屋から強い口調で叫ぶ声した。右手にはずらりと負傷者が横たえられている。

階段下では別の空襲監視員が避難の誘導にあたっていたが、次々と押し寄せる人の群れに手を焼いていた。マローリーとロールはしかたなく、負傷者にあてがわれた部屋に行った。

「コーンウォリス号はうまく切り抜けられるでしょうか？」ロールはひっきりなしに担架で運ばれてくる負傷者を見ながら尋ねた。

「港から出られたから、もう大丈夫だろう。ドイツ軍は小さな巡航船ごときにいちいち爆弾を落としたりはしない。次は兵器庫のある町の北部が徹底的に狙われるはずだ」

「町の人たちは、どうしてまだここで暮らしていられるのかしら」

「サウサンプトンは開戦以来三百を超える空襲に晒されてきた。町の四分の三が破壊されたが、それでも住民は頑張っている。港はダメージを受けるたびに再建された。イギリス人は粘り強い」

「ダンケルクの戦いではその粘り強さが見られなかったようですけどね」ロールは皮肉っ

た。

不意に焼けただれた肉の臭いが鼻を突いた。担架係が、半身が黒焦げになった女性を運び入れている。

「助けて……」

ロールは女性に近づいた。様子を見てとった看護師たちがその場を離れようとする。

「待って。この人の手当ては？」

「もう助からないでしょう。Ⅲ度の熱傷で、胸にガラスの破片が刺さっています。痛みを和らげるために鎮痛剤を探してきましょう。あればいいのですが……」

気の毒な女性の顔はもはや黒ずんだかさぶたのようで、そこから青い両目が覗き、この世のものとは思えなかった。唇と思しき割れ目からは血が流れている。

「だって、こんなに苦しんでいるのに！」

「神の憐れみがありますように」

担架係たちがそそくさと引き返していった。ロールは女性の火傷をしていないほうの手を取った。柔らかくてすべすべしている。

「お願い……です。痛くて……耐えられ……」女性は息も絶え絶えに話そうとする。

マローリーが近づいてきて、制式拳銃を差し出した。

「早く楽にしてやりなさい。さあ」

「よくもそんなひどいことを！」

「センターで人の殺し方を教わってきたんだろう？」

「相手がドイツ人の場合です。イギリス人を殺すなんて教わっていません。わたしには平然と人殺しなんてできません」

「任務遂行中の仲間だったら、どうする？　ドイツ人に拘束されて拷問にかけられる前に消さなければならないとしたら？」

ロールは目に涙を溜めてかぶりを振った。マローリーは女性の頭に銃口を当てると、じっとロールを見た。

「見届けるか否かは、きみに任せる。見届ければ、職務を遂行したことになる。目を背けたとしても、きみの心情は尊重しよう」

「なぜ、そんなことができるんです……」

「こうすれば、この人はもう苦しまずに済む」

ロールは目を逸らした。

銃声が響き、呻き声が途絶えた。

マローリーは拳銃を上着の中にしまった。

「すまなかった、ロール。本当にすまない。だが、きみは死を手懐けるくらいにならないといかん。生きていくためには、そうするしかないんだ」

「生きていくため……それも、地獄で……」ロールは涙を拭った。「このおぞましい戦争はいつ終わるんでしょう」

マローリーはロールの側に座り、放心したような目を向けた。

「わからない。もしかしたら、終わらないのかもしれない」

四

一九四一年十一月
クレタ島
クノッソスへの途次

イラクリオンを離れると舗装されていない道が続いた。轍《わだち》を避けるように運転手がスピードを落とす。ここぞとばかりトリスタンは後ろを振り返った。リアガラスの向こうに、クレタ島最大の都市が太陽の下で白く輝いている。その輝きに負けることなく地中海はひたすらどこまでも深みのある紺青を湛えていた。

「海よ、うまずたゆまず寄せては返す海よ」トリスタンはヴァレリーの詩(注8)を口ずさんだ。

車体が激しく揺れ、トリスタンはわれに帰った。道の反対側にももう一つの海が広がっている。オリーブの海原だ。葉むらのさざ波の陰で、ロバたちがわずかな草を求めて歩き回り、地面を蹴っては土埃を巻き上げる。灼熱の太陽が大地を焦がし、地表に亀裂が走っている。あたかも暗黒の地底で燃え盛る業火の熱であぶられているかのようだ。地獄とは案外身近なものなのかもしれない。突然、運転手が急ハンドルを切った。道にオリーブの木が根こそぎ倒れていたのだ。黒ずんだ根が天を指している。トリスタンは、運転手が上着の内ポケットから七宝の十字架を取り出し、唇に持っていくのに気づいた。まだ若い兵士だ。思春期を過ぎたばかりといったところか。おそらく入隊してはじめて参戦したのがクレタ島の戦いだったのだろう。

「迷信を信じているのかい？」

「クレタ島では、みんなそうです。信じられなくても、信じたほうがいいですよ。さっき道端に木が倒れていたでしょう？」

「ああ、突風にやられたんだろうな」

「この島では、どんな木にも魂が宿っていると言われています。地獄に堕ちた人間の魂だそうです」

トリスタンは黙って無視を決めこんだ。つまらぬ話を切り上げさせるには、そうするのが一番いい。

「木が倒れると、魂が根から逃げていきます。亡者が地上に出てきてしまうのだと聞きました」

トリスタンは隣の席を見た。体を縮めてエリカが眠っている。熟睡しているのか、穏やかな表情は少女のようだ。肩に垂らした三つ編みのせいで、なおのことあどけなく見える。トリスタンは微笑んだ。戦争も死も、恋人の顔には暗い影を落としていないようだ。

だが、しかし……。

「ベルリンからですか?」運転手が訊いた。

トリスタンは頷いた。ヒムラーがチャーターした飛行機で、先ほどドイツ軍部隊の物資補給の拠点となる新しい飛行場に着いたばかりである。クレタ島への派遣は出発の数時間前に決まったことだった。ヒムラーの特別指令だ。

「ベルリンはお祭り騒ぎになっているのでしょうね」運転手は続けた。「ドイツ軍がソ連で快進撃を続けていますからね。モスクワは年末までに陥落するようですよ」

「ドイツ軍は勇猛果敢だよ。東部戦線でもクレタ島でも。島での戦闘は熾烈を極めたのだろうね」

「最悪でした。それに、ここの島民はひじょうに野蛮です。いいですか、雄大な景色やきれいな海にだまされないでください。あれは罠ですから……」

車が急停止した。カーブの先に哨兵線が張られている。即席のバリケードが作られ、その後ろで黒い人影が何人も立ちはだかっていた。

「味方です」運転手がほっとしたように言う。「制服を見ればわかります」

トリスタンはこれまでに多くの哨兵線を見てきた。なかでもスペイン内戦中の経験から、警戒すべきであることは身に染みて知っている。相手の様子から――銃の引き金に指が掛かっているとか、強い口調で言葉を短く区切って話すとか――臨戦態勢にあるかどうか瞬時に見抜かねばならない。判断を誤れば、とんでもない事態を招いてしまう。

「エンジンを切れ」トリスタンは運転手に命じた。

「なぜですか？」

「言うとおりにするんだ」

バリケードの後ろから哨兵たちは銃をこちらに向けたまま、微動だにしない。指示が飛ぶわけでもなく、動きだす気配もない。

連中は怯えているようだ。下手に動けば、撃ってくるぞ。

トリスタンは横を見て、エリカが目を覚ましていないか確かめた。飛行機の移動で疲れているらしく、まだ眠っている。運転手のほうは訳がわからないといった様子で、顔に不安の色を浮かべていた。

「どういうことでしょうか。こちらの身分証明書を見せればすむはずです。それに、自分は合言葉を知っています」

「きみの知っている部隊なのか？」

運転手はフロントガラスに顔を寄せた。

「遠すぎて、ここからでは襟章が確認できません」

バリケードのそばで一瞬何かがキラリと光った。トリスタンには即座にその正体がわかった。太陽の光がレンズに反射したのだ。

「双眼鏡でこちらを観察している。たぶんあれが指揮官だ」

「どうしてそんなことをする必要があるのです？　三十メートルと離れていないのに！」

「顔を確認しようとしているんだ。向こうは戦々恐々としている。何にびくついているのかはわからないが。ところで、きみの名前は？」

「オットーです」

トリスタンはオットーの顔をじっと見つめた。髪の毛はほぼニンジンのような色で、顔にはそばかすが散っている。学校で休み時間にクラスメートから苛《いじ》められていた口だろう。そう考えると、よくぞ前線に出られたものである。

「きみは召集されたのではなく志願したんだね？」

「そうですが、どうしてですか？」

「まあ、いいじゃないか。それより肝心なのは、きみには勇気があるってことだ。いいか、大事な話がある。これから……」

トリスタンの話を遮るように拡声器から命令調の声が響いた。

「クノッソスは現在、軍より外出禁止令が発令されている。これより先の進入を禁じる。ゆっくりとバックし、横道で方向転換せよ。そのまま停止を続けるか、前進した場合は敵とみなし、直ちに発砲する」

「どうしたの？」

エリカの眠そうな声がして、トリスタンはぎくりとした。言葉と同時に熱い吐息が首筋にかかる。ただの寝言かもしれない。もう一度訊かれたら答えるつもりだった。

「もう着いたの？」

「哨兵線に阻まれた。向こうはピリピリしている。不意を突くような動きを見せたらだめだ」

エリカは身を起こし、ブロンドの三編みをアップにしてピンで留め、汗ばんだうなじを露わにした。ブラウスの下で胸が暑苦しそうに呼吸している。確かに恐ろしい暑さだ。

「相手とは話したの？」

「一方的に退却しろと言われた」

「さもなければ、発砲すると警告しています」オットーが言い足した。「しかたがありません。イラクリオンに引き返して、向こうからクノッソスの司令部に連絡を入れてもらいましょう。そして、司令部のほうからこちらの検問所に命じて……」

「ごめん被るわね。こんな蒸し風呂みたいな車にもう一分だって乗っていられやしないわ」

エリカはロックを解除すると、ドアのあいだからすらりとした脚を伸ばした。ブーツの爪先が地面についた瞬間、ぱっと土煙が舞い上がる。

トリスタンはひやりとした。相手からすれば、これ以上狙いやすい標的はないだろう。射撃訓練と変わらない。確実にしとめられてしまう。

「止まれ！」バリケードから怒号が飛んだ。

「わたしはエリカ・フォン・エスリンクです。ハインリッヒ・ヒムラー親衛隊長官からの特別指令でこの島に来ています。威嚇するような真似をすれば、軍法会議にかけます。引き金に指を掛けようものなら、反対にそちらを銃殺刑送りにしますよ」

「まさか本気でしょうか？」オットーがぎょっとしたように言った。

「こっちが訊きたいくらいだよ」トリスタンも呆れる。

「指揮官に話があります。こちらに来てください。今すぐに。緊急の用件です」

立ち並ぶ兵士の中から、将校らしき一人が前に進み出た。

「中尉のフリードリッヒ・ホルストです。これは上からの絶対命令です。事件の発生によりクノッソスには入れません。住民には外出禁止令が発令されました。目下、緊急配備が敷かれています」

「そんなふうに通せんぼしているあなたがたの前に、手配中の人間がのこのこ出てきたりするものかしらね」

「われわれは命令を遂行するのみです」

「ならば、こちらも親衛隊長官の命令を遂行するのみよ。長官からは、あなたがた全員をここから直接東部戦線に送るように命じられるでしょうね。それこそ喜んで従うわ」

トリスタンは、震える手でハンドルにしがみついているオットーに耳打ちした。

「窓から顔を出して、合言葉を言うんだ。さあ」

「でも、撃たれるかも……」

「きみの前にはエリカが立っているじゃないか。向こうが発砲したら、死ぬのは彼女だぜ。勇気を絞り出すまでもないだろう？」

オットーは恥ずかしさでそばかすが見えなくなるほど真っ赤になり、それから意を決したように窓を開けると、声を限りに叫んだ。

「名誉と忠誠《エーレ・ウント・トロイエ》！」


バリケード側では、ホルスト中尉が背後の部下たちの異変を感じ取っていた。みなに迷いが生じ、それが反感へと変わっていく。ヒムラー長官の遠慮会釈なく処分を下すやり口は誰もが知るところだ。もしあの女が本気なら、ここにいる全員が収容所で人生を終えることになる。自分など真っ先に収容所送りだ。

「命令文書を見せなさい」

すると、車から男が一人、ゆっくりと降りてきた。その胸には鉄十字勲章が輝いている。

「懐のポケットに、われわれの任務が記載されている公式文書が入っています。ヒムラー長官の署名付きです」

ヒムラー長官の署名と聞き、中尉は抗うのをやめた。あとは、どう面目を保つかだ。

「こちらには直ちに司令部と連絡をとる手段がありません。この辺りはゲリラが潜んでいて、われわれが敷設した電話回線はすべて切断されてしまうのです。その代わり、サイドカーが二台あるので、クノッソスの司令部まで同行させます。そちらの特殊任務については司令部のほうで確認するでしょう」

エリカが急いで車に乗りこんできた。

「あの石頭の指揮官の気が変わらないうちに、ここを抜けたいわ。早くシャワーも浴びたいし」

間髪を容れず、オットーがエンジンをかける。ほどなくして車の前に先導役のサイドカー付き二輪車がやって来た。運転者と同乗者の二名は汚れで黒ずんだ革のジャケットを窮屈そうに着こみ、暗い色調のヘルメットにゴーグルを装着している。その物々しさは、封印が解かれて現れた〈ヨハネの黙示録〉の四騎士《フォー・ホースメン》(注9)を思わせた。

バリケードの横を通り過ぎるとき、トリスタンは窓越しに中尉に尋ねた。

「いったい、ここで何が起きたのですか?」

中尉は銃をホルスターにしまいながら、苦々しい笑いを浮かべた。

「そのうちにわかりますよ」

窓外はいつしかオリーブ畑から緑なす丘が連なる眺めに変わり、その斜面を覆う灌木《かんぼく》類は次第に密林へと化していく。スペインでもこれほど鬱蒼《うっそう》とした灌木地帯は見たことがない。片側にギンバイカが生い茂る斜面が迫り、道が狭まってきた。先導するバイクが路面の起伏にぶつかるたびにいちいちアクセルを吹かす。轍を嫌い、横滑りを回避しようとするため、嫌でもスピードが落ちる。

「これほど待ち伏せに打ってつけの場所もないな」オットーがぽつりと呟く。「こんなところにゲリラが潜んでいたら、ウサギのように撃ち殺されるのがオチです」

「最初に撃たれるのはサイドカーの兵士と相場が決まっているわ。次がバイクの運転者」エリカが落ち着きはらった声で応じた。「どの方角から狙っているかはそれでわかるから、反対側のドアから脱出する。斜面の勾配もきつくはないし、見渡す限り灌木の繁みが広がっている。その中に逃げこんでしまえば、悪魔の目でも欺けるでしょう」

「いつもそんなふうに周囲に注意を配っておられるのですか？」オットーが驚きの声を上げる。

「考古学者ですもの。死者の声に耳を傾けるのがわたしの仕事。嘘じゃないわよ。得てして彼らは寡黙だから、どんな些細なことでもなおざりにしない主義なの」

　トリスタンはあえて二人の会話には参加しなかった。こんなときはエリカに任せておけばいい。どんなに緊張が走ろうと、彼女ならピリピリした空気をうまくほぐしてくれる。

適度に威厳を保ちながら、クールなユーモアを交えて。

道幅が広くなってきた。その先に青空を背にくっきりと丘陵地の稜線が見える。軍の地図によれば、クノッソスまであと何キロもない。トリスタンが遺跡の詳細図を見ようとしたとき、それまで停まることなく走っていたバイクが、坂の上でいきなり路肩に寄って停車した。

兵士たちがバイクから降りた。そして、斜面の上のほうを見上げて、ぎょっとしたように身をすくませた。何かとんでもないものを目にしてしまったようだ。

「どうしたんですかね」オットーが怖気づく。「悪魔にでも出くわしたみたいだ」

「悪魔なんているわけないさ。確かめてくる」

トリスタンが車から出ようとすると、エリカが肩に手を掛けて引きとめた。

「待って、こっちに戻ってくるみたい」

やにわに兵士の一人がこちらを向き、ふらふらと近づいてきた。オットーが警戒してルガーを抜き、膝の上に置く。

「嫌な予感がします」

車のすぐそばまで来ると、兵士は倒れるように道路脇の斜面に寄りかかった。今にもくずおれそうで、顔面も蒼白だ。トリスタンは躊躇せず車を降りた。すかさずオットーからルガーを受け取り、バイクのほうに向かう。エリカもあとに続いた。

「見ないほうがいいです」兵士は細い声で言うと膝をつき、嘔吐した。

その場所には、斜面から突き出すように生えている巨木があった。樹齢数百年と思しきナラの古木だ。ひたすら水を求めて根を伸ばしていったのだろう。張りめぐらした根がそこら中の地面を覆い尽くしている。茶色の樹皮には蛇のようにぬめぬめとした光沢があり、大人三人が手を繋いでもまだ足りないほど幹が太い。

「あそこの枝に……」バイクを運転していた兵士はそれだけ言うのがやっとのようだ。

トリスタンは視線を上へ向けた。暑さで葉が焼けてチリチリに縮れている。いや、そんなことより……。思わずトリスタンは目を剝いた。一本の枝にカラスが群れをなして集《たか》っていた。バサバサという羽ばたきや、嘴《くちばし》を鳴らす音で騒然としている。一発空に向けて発砲するや、鳥たちは一斉に飛び立ち、鳴きわめきながら空を黒々と染めるように舞った。

しかし、あとに何か残っていた。何かがぶら下がっている。折れた枝か？　違う。

死体だ。

あるいは、その成れの果てと言うべきか。

両手がない。

あるべきところに顔がない。

腹の辺りにぽっかりと開いた穴の向こうに空が見える。

靴の先に吊り下げられた札がゆらゆらと揺れていた。血でギリシャ文字が書いてある。

エリカがトリスタンの腕をギュッと摑み、大きく息を吐いて読み上げた。

「よそ者ども、これがクノッソス流のもてなしだ……」

五

一九〇八年十月
ウィーン

ケルントナー通りに面した瀟洒《しょうしゃ》なアパートメントを出たときから、エルンスト・ヴィルヘムステル教授は機嫌が悪かった。その視線が捉えたものは雨に濡れた石畳か、それともウィーン帝立・王立宮廷歌劇場が道に落とす冷やかな影か……。いずれにせよ、教授は辺りに険しい視線を走らせていた。通りを駆けてくる四輪馬車の騒々しさや、将校のサーベルがブーツに当たる音が、神経をいっそう逆撫でする。将校と目が合うや、思わず教授は挑発するように口髭を撫でつけた。今朝に限っては、何もかもが我慢ならなかった。

黒いオーバーコートに黒いスーツ、黒いネクタイで統一した教授は、一見すると葬儀屋の従業員かと見紛うような出で立ちだった。ただ一つ違うのは、頭上に燦然と輝くシルクハットを戴いていることである。この帽子は教授の誇りとも言えた。日中は片時も離さず被り続け、毎晩入念にブラシをかけている。学生たちは、シルクハットを被っていないヴィルヘムステル教授の姿など想像すらできないと口を揃え、なかには、帽子の傾き具合でその日の教授のご機嫌がわかるという者までいた。そして今朝、シルクハットは塔のようにそそり立ち、ヴィルヘムステル教授の機嫌が最悪であることを告げていた。

「いらっしゃいませ、教授。ご機嫌いかがですか？」

カフェ・タンネンベルクの給仕が、シルクハットとステッキを受け取りながら声をかける。

教授は不満げに返事をすると、そのまま店の奥へと進み、いつもの席に落ち着いた。それから手袋を外し、右手の指先で大理石のテーブルをコツコツと叩いた。

「コーヒーとブフテルン[注10]を」

注文を聞くと、給仕は一礼して厨房のほうへ去っていった。

「やあ、エルンスト。今日は例の日だろう？」

隣のテーブルの客が声をかけてきた。すると教授は、今日で世界が終わると告げられたかのようにがっくりとうなだれた。カフェの常連客はみな、十月二十日が教授にとって厄日だということを知っていた。毎年この日に教授は、かの名門ウィーン美術アカデミーに入学させる者を自らが受け持つ準備学級から選抜しなければならないのだ。教授は毎年のように容赦なく学生をふるい落とした。なぜなら、ほとんどの学生がまったくそのレベルに達していないからである。

「いくら懸命に画法を授けようとしたところで、相手が怠け者ではどうにもなるまい」教授は怒りをぶちまけた。「筆の持ち方すらなっとらん出来損ないもいる……」

そこへ皿に盛られたブフテルンが運ばれてきて、教授はいったん言葉を切った。こんがり焼き上がったブリオッシュから、プルーンの香りが漂ってくる。

「どうも食べる気がせん。あいつらのおかげで、朝食まで台無しだ」

そう言うと、教授は身振り手振りを交えつつ、店内の客に向かって訴えはじめた。

「連中の一人からどんな絵を見せられたか、みなさんには想像すらできますまい！　なんとその男は幾何学的なモチーフだけで女性の肖像画を描いたのですぞ。そしてそれを、〈キュビズム〉などと呼んでおるのです！」

非難めいたざわめきが店内に広がった。この町の人々は伝統を重んじ、ずっと変わらぬ価値観のもとに生きている。その証拠に、この店の入口の正面にはフランツ・ヨーゼフ一世の巨大な肖像画が掲げられていた。鋭い眼力に立派な口髭を蓄えたその姿に、常連客たちはみな深い敬愛の念を抱いている。五十年もの長きにわたりこの国を統治しつづける皇帝は、激動の時代においても決して揺らぐことのない、頑強な岩のごとき存在なのだ。

「だいたい、学生を抱えすぎだろう！」

「ユダヤ人が多すぎる！」

「ハンガリー人もだ！」

「スラヴ人もいるぞ！」

店内は一気に騒然となった。ヴィルヘムステル教授はフォークを握ると、怒りに任せて思いきりブフテルンを叩きつぶした。常連客たちが口々に憤りの声を上げるのを聞くと、やはり自分の言うことに間違いはないという確信が強まる。教授はちらりとフランツ・ヨーゼフ皇帝の肖像画に目をやった。皇帝は口角泡を飛ばす客たちを冷ややかに見下ろしている――。突然、教授は、自分は崇高な使命を託されているのだと感じた。そう、美術を保護する使命。正統な美術を守るのだ。カンヴァスに嫉妬や怒りをぶつける邪道でしかないタッチから、あの堕落した学生どもから、美術を守らなければならない。教授は慌ただしく立ち上がった。

「もうお出かけですか？」

まだ湯気の立っている、ほとんど口をつけていないコーヒーを見て、給仕が心配そうに訊いた。

「ああ。思い立ったが吉日だからね！」

教室では、ウィーン美術アカデミーの入学を目指す学生たちが、それぞれの作品を画架に掲げて待っていた。ある者は、光の恩恵を最大限に受けようと、大きなガラス窓の正面に陣取った。もっと頭の回る者は、絵の欠点を目立たなくするために、あえてあまり光の当たらない教室の隅を選んでいる。誰もがヴィルヘムステル教授を恐れていた。やがて、荒々しくドアを開ける音がして、絵の具の染みが散る床に教授の背の高いシルエットが投影されると、みな一斉に自分の作品の後ろで身を固くした。いよいよ公開処刑が始まる。

試験の課題は歴史画・肖像画・風景画の三つがあり、そのうちいずれかを選択することになっている。教授がお気に召すだろうと信じ、多くの学生たちが歴史画を選び、オーストリア＝ハンガリー帝国(注11)の栄光を称えて史実を題材にとった。そんなわけで戦闘の場面を、それもたいていは大きなカンヴァスに描いたものがずらりと並んでいる。教授は、騎兵隊の突撃シーンを扱ったある油彩の前で足を止めた。その目はすでに怒りに燃えていた。どうすればここまでひどい作品に仕立てることができるのか？　騎馬兵はカーニヴァルの仮装さながら、馬にいたってはたった今犂《すき》から外したばかりのようで、躍動感というものがまるでない。呆れ果てて、教授は肩をすくめた。その瞬間、この学生の美術アカデミー入学の夢は無残に砕け散った。

「肖像画の諸君には、もっと出来ばえのよい作品を期待する」

そう言い放つと、教授は肖像画の作品群に目を向けた。しかし、一瞥《いちべつ》しただけで望む水準に届いてないことは明らかだった。激しい絶望と憤りを覚えながら、教授はさっさと風景画のほうに移った。ここまでで、すでに四分の三以上の学生を切り捨てている。さらに大鉈《おおなた》を振るうつもりではあったが、心のどこかに奇跡を願う気持ちも残っていた。

だが、それは叶わなかった。

はじめに目に留まったのは水彩画だった。薄っぺらな水張り(注12)のカンヴァスの上にたどたどしい筆遣いで描かれた、水辺に建つ田舎風の一軒家。あまりの衝撃に、教授はしばし息をするのも忘れた。遠近感から色彩に至るまで、すべてが曖昧で、バランスが悪くて、手の施しようがない。人物などは、まるで斧で削り出したガーデン・ノーム(注13)ではないか。よくもここまで稚拙な絵が描けたものだ。それより何より、こんな駄作を恥ずかしげもなくこの自分に堂々と見せつけるとは！　まったく、どんなけしからん学生が……。

　教授は絵から視線を上げて、なるほどと納得した。額にペッタリと貼りついた髪、ギラギラした目つき、不機嫌そうな口もと、やけに目立つ口髭。その風貌を見れば、先ほどの絵にも合点がいく。教授はこの学生の境遇にしばし思いを馳せ、憐れみすら覚えた。自分には才能があると思いこみ、田舎から出てきた苦学生。そのような若者は、このウィーンにごまんといる。最初のうちは自分の絵を美術商に持ちこみ、次に観光客に売ろうとする。そして、しまいには路上でたった一切れのパンやソーセージと交換するために作品を差し出すようになる。そうやって屈辱を味わった者はみな、田舎へと帰っていく。そして、わずかばかりの耕作地を手に入れ、それでよしとしてしまうのだ。

　だが、この学生の瞳には何か執念深さのようなものが宿っていて、教授はそれが気に入らなかった。そこから見てとれるのは、自分に才能がないことを素直に受け入れることができない執着気質であり、激しやすく、いつ攻撃的な態度に転じるとも限らない危うい気性だった。こういう学生は、一刻も早く追い払ってしまったほうがいい。はっきりと宣告してやるのだ。きみにはウィーン美術アカデミーの入学試験を受ける資格はないと。しかし、それには、まず名前を知る必要がある。

「名前は？」教授はシルクハットのつばを撫でながら尋ねた。

くぐもった声が口髭の下から漏れる。

「おい、聞こえんよ。もっと大きな声で話さんかね！」

「ヒトラーです。アドルフ・ヒトラーです」

外は一段と冷えこんでいた。帽子もマフラーも持たない若者は、身を縮めるようにして歩いた。それは冷たい風をよけるためでもあるが、キリキリと引きつれるような胃の痛みをなだめるためでもあった。昨日から何も口にしていないのだ。しかし、今若者を苛《さいな》んでいるものは、寒さや空腹よりも激しい怒りだった。こんな屈辱を受けたことはいまだかつてなかった。ウィーン美術アカデミーへの門戸を閉ざされたのだ。一度ならず二度までも。一度目は、母クララが亡くなる直前で、母にはあえて伝えていない。その母は息子の将来は安泰だと信じたまま旅立っていった。そして、今回、再び押された不合格の烙印。自分の才能を認めてくれる人との出会いを期待して、準備学級のクラスまで変更したというのに……。いや、むしろそれが仇《あだ》になってしまった。あのヴィルヘムステル教授にとことん貶められたのだから。

アドルフは額に落ちかかった前髪を振り払った。髪は毎朝砂糖水で撫でつけている。床屋に行く金すらないのだ。ふつふつと滾《たぎ》らせていた怒りが一気に噴き上げた。ヴィルヘムステルめ！　あの老いぼれ野郎が！　だいたい、あんなシルクハットのお大尽暮らしに絵画の何がわかるというのだ！　絵筆を握らなくなってもう何年だ？　ええ？　二十年か？三十年か？　その間、ただの一枚だって作品を発表してやいないだろうが？　興奮して、アドルフは盛んに身振り手振りを交えた。そもそも、あいつら有産階級の忌々しい都市生活者の暮らしは、自分たち地方の人間の犠牲の上に成り立っているのだ。畜生、搾《しぼ》り取るだけ、搾り取りやがって……。

王宮庭園《ブルクガルテン》の柵のあいだを突風が吹き抜け、アドルフはよろめいた。ウィーンに出てきてからというもの、日に日に痩せていく一方だった。かつての下宿の同居人からはハンガーがボロをまとっているとまで言われる始末。嗤《わら》われて、おおいに傷ついた。その安下宿ですら、もう借りることもままならない。今ではしかたなく浮浪者収容所の厄介になっているが、そこはウィーン中のはみ出し者が転がりこんでくるネズミの巣穴だ。夢破れた学生から、失業者、アルコール依存症の者、世間を憚《はばか》るならず者に至るまで、ありとあらゆる落伍者がひしめいている。なかでも荒くれ者や変質者は始末が悪い。身を持ちくずすまいとする側としては、それが大きな悩みの種だ。

アドルフは重い足を引きずって、古本や黄ばんだ古版画が並ぶ移動屋台の前までやって来た。そして、擦り切れた上着の下から、先ほど選考から漏れた絵を取り出した。

「この絵を買ってもらえませんか？」

店の主人は無精髭を生やし、目の落ち窪んだ老人だった。一瞬、店主はアドルフに訝《いぶか》しげな視線を向けたものの、絵を受け取ると吟味しはじめた。

「これを描いたのはあんたかね？」

アドルフはプライドを押し殺して、首を横に振った。

「いえ、叔父の形見です」

「そうかい。まあ一つ言えるのは、大して値はつかないってことだね」

「でも、いくらかにはなるでしょう？」

「パネル代にもならんよ。余計な落書きがあるせいでね。これでは画材の無駄遣いだ」

「もういい、返してくれ！」

アドルフは恥ずかしさで真っ赤になりながら喚いた。

「ああ、もちろん返すとも。それから一つ忠告しておこう」店主はすべてを見透かしたように言った。「絵を描くのはやめることだ」

アドルフは屈辱のあまり、その場から逃げるように立ち去った。

気づくと、アドルフは帝国図書館の前にいた。バロック様式を基調としたその外観は、ウィーンの中心部に据えられた巨大なデコレーションケーキさながらだった。おびただしい数の円柱や彫像には圧倒されるばかりである。物乞いに間違えられて叩き出されるのではないかと思い、これまで中に入るのは遠慮してきた。だが、寒さは耐えがたいほどになっている。アドルフは髪をきちんと撫でつけ、よれよれのネクタイの皺をのばした。それから、絵を前庭の植え込みの中に投げ捨てると、建物の入口へと近づいていった。驚いたことに、中に入っても警備員から呼び止められることはなかった。恐る恐る、制服姿の司書が並んで迎える木製のカウンターに歩み寄る。

「こんにちは。本の閲覧をご希望ですか？」

かねてよりアドルフは大の読書家であった。だが、近頃は、読まねばならないという強迫観念めいた思いに囚われて、手当たり次第にあらゆる活字を読み漁っていた。路上で手渡されたチラシ、公園に捨てられた新聞、駅に置き忘れられた本。とにかく、活字になっているものは何でも読んだ。そして、病魔に全身を蝕まれていくように、教養を身につけていった。まず、アドルフは建築に強い関心を持ち、難しい話題を振られても相手を論破できるほどの知識をたちまちのうちに吸収した。次に音楽に夢中になり、オペラを書きたいと思うまでになった。むろんその夢はいまだ叶わず、〝ワーグナーかぶれ〟などと揶揄されるようになっただけである。だが、アドルフが何よりも情熱を傾けていたのは、歴史だった。偉大な征服者について書かれた文献は、どんなにわずかなものでも貪るようにして読みふけった。なかでも中世の皇帝たちに惹かれていた。さらに、ウィーンが誇る雑誌媒体もアドルフの興味をそそった。政治をはじめ、文学や芸術を扱う専門誌がこの町では数え切れないほど出版されている。つい先日も、とある雑誌の最新号が出たことを耳にしたところだ。

「〈オースタラ〉誌はありますか？」

司書はお仕着せがましい笑顔を浮かべた。

「〈オースタラ〉でしたら、お高いものではありませんし、どこのキオスクでもお求めになれますよ」

「全号読みたいんです」

「ではすぐにお持ちしますので、六二一番の席でお待ちください。一番奥の右側です」

アドルフはテーブルの並ぶ閲覧室を奥へと進んだ。古い書物が壁一面に並んでいるのを横目に、なぜ自分が図書館の隅に追いやられたのかすぐに悟った。手前の席は、大学教員や研究者など、頻繁に訪れる利用者に割り当てられているのだ。その一等席に案内されれば、探し求めていた聖杯のごとく、貴重な資料を優先的に手にすることができるのだろう。だが、奥の席ではそうはいかない。つまり、そこはウィーンに住む貧困層にあてがわれた指定席というわけだ。アドルフは胸のむかつきを覚えた。結局、どこへ行っても貧乏がついて回るのか……。アドルフは言われた席に座った。両脇には、眠りこけた酔っ払いと、何やらブツブツ唱えている歯のない老女が座っている。二人の前に置かれた本は閉じられたままだ。

「ヒトラーさん、こちらでよろしいですか？」

係員に分厚い冊子の束を差し出されるや、第一号の表紙に目を奪われた。斧や剣を振りかざす戦士たちが、雪に閉ざされた城から飛び出しているイラストだ。それ以上にサブタイトルが謎めいている——。

《アーリア人の国土回復運動》

一瞬で、屈辱も空腹も吹き飛んでしまった。ここが図書館であることさえ忘れていた。アドルフは表紙の城から目が離せなかった。孤立した暗い城——。それは自分の人生そのものではないか。父親の暴力と蔑みに耐え続けてきた日々。子どもの頃より、他人から自分を守るために、ひたすら石の壁を一段一段積み上げていかなければならなかった。そして、その自身が築いた城の中に閉じこもり、いつか味方がやって来て扉を叩き、救いの手を差し伸べてくれるものと信じて待った。だが、結局誰も現れなかった。城の外の世界はずっと続いている。しかも、ますます格差が広がり、より生きづらくなって。現実を直視するのだ、アドルフ・ヒトラーよ。おまえは誰からも期待されていない。いずれ自分の居場所を見つけたいと思うのなら、それは自分の手で勝ち取るしかないのだ。自ら運命を切り拓くべく立ち上がった、この崇高なる戦士たちのように。
閲覧室の入口で閉館を告げるベルが鳴り響いた。両隣の利用者はそそくさと立ち上がると、風雨に備えてみすぼらしいオーバーコートに袖を通した。アドルフはまだ座ったままだった。ここまで一気に読み進めてきたため、目がしょぼしょぼする。大きな窓の向こうでは、夜の帳が降りていた。またあの浮浪者収容所に戻らなくてはいけない。しかし、そんなことはもはやたいした問題ではなかった。アドルフは最新号を手に取ると、猛然とページをめくり、巻末に記されている名前を見つけた。
《編集人：イェルク・ランツ(注14)》
ぜひとも会わねばならない、この人物に。

六

一九四一年十一月
イギリス南部

アミルカーは田園地帯のひどいでこぼこ道を進んでいた。マローリーが巧みなハンドルさばきで窪みをよけていく。道の両側には柵が延々と続き、その向こうでは羊の群れが静かに草を食《は》んでいた。サウサンプトンを後にしてからしばらくのあいだ、ロールは一言も発さず、先ほど避難所で目の当たりにした凄まじい光景をなんとか忘れようとした。こんなことで動揺するくらいでは、任務が務まるわけがない。

集落に近づき、車は速度を落とした。カーブを曲がると、納屋の前に帽子を被った太った農夫が座っているのが見えた。農夫はパイプをくゆらしながら、こちらを放心したような目つきで見ていた。

「地獄のあとは天国だな」マローリーが言った。「戦争中とは思えないほど平穏だ。戦争の影響はあるだろうが、ヒトラーの噂などあの男性の耳には届いていないのかもしれない。わたしも引退したら、こんな田舎で暮らすかな」

「引退を口にするにはまだ早すぎます」

「わかっているさ。この戦争を生き延びてみせると、自分に言い聞かせているだけだ」

「わたし、驚いています。司令官って本当に……」

「非情な男か？」

「強いかたです。先ほどの火傷の女性のことにしてもそうですが、迷いがありません」

家並みが消え、マローリーは徐々にスピードを上げた。

「そう見えて本当は、その辺のホテルに寄って、ウイスキーを二本空け、酔いつぶれてしまいたい気分だよ」

道がまっすぐになり、車は安定した速度で走っている。

「それを聞いて安心しました。司令官にも優しいところがあるんですね……。安心ついでに教えていただきたいことがあるのですが。あるエージェントのことで……」

「誰のことか予想はつくが」

「モンセギュールに潜りこんでいた二重スパイのことですけど。あの人にはまんまと騙されました。たいした役者ですね」

「トリスタン・マルカス……。気になるか」

「そんなこと、言った覚えはありません」

「あの男と知りあった女性がよく言うセリフだ」

「向こうはよそよそしかったし、わたしだって、ああいうのタイプじゃありませんから。気障《きざ》だし、うぬぼれが強そうだし」

マローリーは笑いを堪えた。

「恋は、いつもそんなふうに始まるものだ。あの男の何が知りたいのかね？　以前に話したとおり、あの男とはスペイン内戦中に行動をともにしていた。あいつはスワスティカの手がかりを見つける任務を負っている。いずれベルリンの連絡網を通じて向こうから報告があるはずだ」

「既婚者なんですか？　家族は？」

「いるとも。奥さんはノルマンディーで暮らしていて、五人の子宝にも恵まれている」

「そうでしたか」

マローリーがちらりと見やると、ロールは落胆の表情を浮かべていた。

「今の自分の顔を見てみるといい……。冗談だよ。彼は独り者だ。女性関係のほうはよく知らない。目下のところ、マルカスのファイルは閲覧不可になっている。それ以上彼について知ることはできない」

「別にどうでもいいです。わたしからすれば、そのトリスタン・マルカスさんというのはその辺にいるおじさんと変わりないですから」

「そうか。だが、本当のところはどうだかな。いいか、わたしは訓練センターで心理戦の教官をしていたこともある。第六感で嘘くらい見抜けるぞ」

ロールはため息をついて横を向き、窓越しに景色を見た。

「いずれにしても」マローリーは続けた。「きみは別の男に関心を寄せることになる」

「どこにそんな出会いがあるというのです？　こうして今、任務の最前線にいるというのに。レリックやら幻やらを追っかけている特殊部隊の一員として」

「すべてがマルカスにかかっている。第三のレリックがどこにあるのか、わたしは知らない。それについては、向こうからの情報を待たない限り動きようがない。そこで、さしあたっては、わが部隊の強化を図ることにした。きみにはその候補者の一人と会ってもらいたい。そして、意見を聞かせてほしい。スワスティカと『トゥーレ・ボレアリスの書』に関してルドルフ・ヘスの口を割らせるには、その人物が役に立つと思われる。といっても、その人物をミッションに関わらせようとしていることが上に知れたら、即、わたしはクビだろうがね」

景色ががらりと変わった。畑は消え、荒れた工場の跡地が見えてくる。道路の両側には煉瓦造りの家並みが目立つようになった。二人はロンドン郊外のクロイドンに到着した。そこからはロンドンまで三十分とかからない。

「ずいぶん遠回しな言い方をされますけど、いったい何者なのですか？　その素敵な御仁は？」

マローリーは右折し、ひっきりなしにトラックが行き交う国道に合流した。

「わたしのオフィスに来ればわかる。ＳＯＥ幹部の定例会議があるから、そのあいだにその男のファイルを読んでおいてくれ。明日、ロンドンにある彼の住まいを訪ねる。魅力的な女性には目がない男だ」

「はあ、それはありがたいお言葉で。わたしはお飾りに徹すればいいということですか……。で、このわたしがその男性のビンビンの魅力にやられちゃうわけですか？」

「きみは貴族の出だろう。レディーがそんなはしたない言葉を使うものではない」

「いい機会だから言っておきますけど、わたしはレディーではありませんから。国王陛下に仕える公認の殺し屋養成機関のおかげです。それで、その男性とは？」

「これまでにさんざん浮き名を流してきた男だ。見た目は相当おぞましいがね」

「どうやら、それぱかりではなさそうですね」

「ああ、いろいろとあるぞ……。変態、エゴイスト、性的倒錯者、誇大妄想狂、性格異常、ほら吹き、魔術師、サディスト、淫乱。おそらく人も殺しているはずだ」

「一人でそれだけの資質を備えているなんて。まるで反キリスト(注15)じゃないですか」

マローリーはロールのほうを向くと、急に氷のように厳しく冷徹な表情を見せた。

「まさにそのとおりだ。そのうえ、彼自身もそう呼ばれることを望んでいる」

七

一九四一年十一月
クレタ島

カール・ヘスナーは図書室に籠り、ベルリンからの応援が到着するのを今か今かと待っていた。アーネンエルベの所長代理直々のお出ましと聞く。しかも、女性だそうだ。ヒムラー長官がそんな責任ある立場の人間を現場によこすからには、この調査には何か大きな意味があるに違いない。だが、具体的なことまではわからない。ヘスナーは窓辺に立ち、クノッソスとイラクリオンを結ぶ街道に目を凝らした。腹を裂かれた三人の死体が発見されてからは、外に出ないようにしている。表で銃声が響くたびに動揺し、恐怖におののいた。見張りの兵士たちは何かといえば反射的に引き金に指をかけ、些細なことですぐ発砲する。威嚇だけではない。実際に銃殺刑もおこなわれた……。

村の入口には、見せしめに全身を蜂の巣にされた司祭と村長が晒されている。その光景が頭にこびりついて離れなかった。住民への報復などもっての外なのに。なんとかやめさせようと手を尽くしたのだが、軍部は一歩も譲らなかった。――村には制裁を下さなければばならない。何より、兵士を惨殺しておきながら罰を受けずにいる者に見せつける必要があるのだ、と。どうすれば規律を保てるか、大尉の頭の中にはそれしかないのだろう。でなければ、あそこまで惨い仕打ちなど……。あの晩、宿に戻ると、ヘスナーはドアをしっかりと施錠し、窓も塞いだ。姿は見せないが、何かの勢力に包囲されている。そんな気がしてならなかったのだ。外に出るのは仲間の考古学者たちが避難する教会に行くときだけで、その際も軍の車が迎えに来た。いつまた奇襲があるとも知れないのだ。こんな非常時に調査を続けるなど、とうてい無理だった。教会に行けば行ったで、そこには精神的に追いつめられた同僚たちの姿があった。毒の混入を恐れて食事を受けつけない者まで現れた。そして、今日――。身も心も疲れ果てて教会から帰る道すがら、兵士が一人、また行方不明になっていると知らされた。もし死体となって発見されれば、その報復は凄惨《せいさん》を極めるに違いない。復讐が復讐を呼んで狂気の報復合戦となり、最後には村から誰もいなくなるだろう。ヘスナーは胸の前で両手を合わせた。子どもの時分、両親に連れられて教会に通ったものだが、あの頃はそのまま素直に神に祈ることができた。しかし、今は誰に祈ればいいのかわからない。悪が世界を支配する今、どんな神が祈りを聞き届けてくれるというのか。

車は村の広場で停まった。トリスタンは先に降りると、エリカにドアを開けてやった。

建物の窓から見張りの兵士が人の出入りを監視している。村の入口では、二体の死体が晒し者にされていた。一体はどうやら司祭平服《スータン》らしきものをまとっていたので聖職者だとわかる。もう一体のほうは見当もつかない。運転手のオットーも死体に気づいていたらしいが、ずっと口を閉ざしている。ナラの木にぶら下がったずたずたの死体のせいで、嘔吐《えず》く力すら尽きてしまったようだ。

「現場責任者のカール・ヘスナーです」

出迎えに来た男にトリスタンは一礼したが、エリカは呆然と突っ立っている。相手のやつれ切った様子に驚いているのだろう。目の前の男は、髪はボサボサで、髭は伸び放題、睡眠不足なのか目が充血していた。痩せて骨と皮ばかりで、今にもこの場で倒れてしまいそうだ。

「部隊の責任者は?」トリスタンは驚いて訊いた。

ヘスナーは喉に何かつかえているような咳をした。

「現在、大尉は指揮を執れる状態にありません。高熱を出し……」

それだけ言うと、もうお手上げだという仕草をする。

「では、誰が指揮代行を?」

「街道で検問があったでしょう?　そこにいるホルスト中尉が戻り次第、指揮を執ることになります」

それからヘスナーは広場の一角にある家を指した。

「わたしはあそこで寝泊まりしています。ついて来てください。状況を説明しましょう」

一行はヘスナーの案内で角の家に向かった。トリスタンとエリカは早速二階の図書室に通され、その間、オットーが玄関脇で警戒に当たることになった。エリカは大きな長机に置かれた出土品が目に入ると、早々に調べはじめた。一方、トリスタンは暖炉のそばで足を止めた。暖炉は板で塞がれていた。やっつけ仕事らしく、雑に釘打ちされている。

「さすがに煙突からの侵入はないでしょう。人一人が通るには狭すぎますよ」

「人ではありません。今や、わたしたちの敵は人ではないのです」ウーゾ(注16)の瓶を取り出しながらヘスナーが言う。瓶の中味はだいぶ減っているようだ。

「話を聞かせてください」トリスタンは落ち着いた声で促した。

ヘスナーはグラス二つに酒をなみなみと注ぎ、エリカのほうをそっと見やった。だが、エリカは観察に夢中になっている。

「われわれは夏からクノッソスの遺跡で発掘調査をしています。イラクリオンから派遣された親衛隊の分隊が護衛についています。部隊の仕事は、村から遺跡までの警邏《けいら》やわたしたちの宿泊施設の警備です。窮屈な思いもしましたが、それも次第に慣れました」

「住民は部隊の統制下に置かれているのですか?」

「最初、部隊は住民に干渉しないことになっていました。日々の通達は、わたしたちが取り次いでいたのです」

「こうなる前の住民との関係はどうでしたか？」

「ここの人たちは外国人慣れしています。今世紀初頭より島では遺跡の発掘調査が継続的におこなわれています。貧困にあえぐ国の人々にとって、海外の調査団の来訪はまさに天から降ってきた恵みのようなものでしょう。住民の中には発掘現場で働く人もいます。実際にとても助かっています。ほかにも食事を提供してくれる人や、身の回りのことを手伝ってくれる女性もいます。住民との関係は良好でした。一週間前までは」

　エリカがそばにやって来た。両手にスワスティカの刻まれた金細工を載せている。ヒムラーなら大枚をはたいてでも個人のコレクションに加えたがるに違いない代物だ。しかし、なぜこれをすぐにベルリンに送らなかったのか……。ヘスナーを問いただしたいのだろうが、こちらの会話を遮ろうとはしない。

　トリスタンはヘスナーに話を続けるように促した。

「村には四方に入口があって、部隊はその近辺の民家にそれぞれ分かれて駐留しています。家屋は襲撃に備えて隊員たちが改造しました。つまり、要塞化したわけです。一階の窓を塞ぎ、階上の窓は銃眼のように幅を狭くし、テラスはバリケードで囲って銃眼を施してあります」

「それだけですか？」

「強行突破されないように、外には稲妻型の塹壕が掘られています。野戦電話の回線がいつも切断されてしまうので、それぞれの家のテラスには回光通信機を備え、有事にはすぐに信号が送れるようにしてあります」

「備えあれば憂いなしか」トリスタンは呟いた。「ですが、要塞にしては心もとないのでは？」

「先だっての月曜日、警備隊長が遺跡で抜き打ちの訓練を実施しました。ゲリラが潜んでいることを想定して、発掘現場を包囲して、掃討するというものでした。訓練中、それぞれの要塞では兵士が三名一組で警戒にあたっていました」

「で、そのうちの一組が襲撃された。そうですね？」

ヘスナーは再びグラスになみなみとウーゾを注いだ。エリカが金細工を手にしていることに気づいたようだが、弁解もせず、トリスタンの問いに答えた。

「はい、三名が殺害されているのが発見されました」

「どんな状態で発見されたのですか？」

「首を切り落とされていました」

エリカは手の中の金細工を矯《た》めつ眇《すが》めつ眺めていた。指先でスワスティカを十字に沿ってなぞってみる。これを刻んだ人間はいったい何者だろう？　クレタ島の職人が細工を施したのか？　それともこれは外来品で、海を渡ってはるばるこの島にやって来たものなのか？　略奪？　交換？　南方から？　北方から？　金の純度を分析して原産地を特定しなければ、詳しいことはわからない。考えてみたところで答えは出ないのだ。エリカは頭を切り替えると、ずかずかと男たちの会話に割りこみ、歯に衣着せぬ物言いで切りこんだ。

「検死解剖の結果は？　壁に飛び散った血を調べましたか？　凶器は発見されたのですか？」

ヘスナーは首を横に振った。

「壁に血痕は認められませんでした。染み一つ見つかりませんでした」

「おかしいな」トリスタンが首を傾げる。「斧やサーベルの類で首を切り落とすなら、噴水のように止めどなく血が噴き上がるものだが。血しぶきが飛び散る方向を考慮しながら首を切断するなんて、なかなかできることじゃない」

その説明にエリカは舌を巻き、まじまじとトリスタンを見つめた。なぜこの男はそんなことに詳しいのだろう？　とはいえ、彼の発言に驚かされたのはこれがはじめてではない。突然、エリカは深い裂け目の向こうに未知の光を見たような気がした。

「斧でも、サーベルでもなく……」ヘスナーは歯切れが悪かった。「絞殺されたのです。ワイヤーを使って。力を込めてワイヤーを引っぱって喉を切断し、骨は鋸《のこぎり》で……」

そう言って、鋸を押し引きする真似をした。

「往々にして、喉を切られてもすぐには死にません。もがき苦しみますが、声は出ません。最後は、自分の血で窒息します」

「殺害の手口を隊員たちに話したのですか?」

エリカに詰め寄られ、ヘスナーは口の端に皮肉っぽい笑みを浮かべた。

「まさか。検死解剖の際、看護師が助手として立ち会っていました。口外したのは彼らです。それからというもの……」

その後の展開は容易に察しがついた。恐ろしい噂がさらなる恐怖を生むことになるのだ。

「そのあとは?」エリカが訊いた。

「昨日未明、三体の死体が発見されました。井戸の近くを巡回していた兵士たちです。今度は刃物で殺害されていました。おそらく背後から襲われたものかと」

「首を切断されたわけではないのですね」

「はい。ただ、それぞれ肝臓が抜かれていました」

ヘスナーの視線は次第に宙を泳ぐようになっていた。まるで幽霊の存在に怯えて目を逸らそうとしているかのようだ。それを見てトリスタンは気の毒に思った。夜は悪夢にうなされ、夜が明ければさらに恐ろしい現実が目の前に突きつけられる。日々そんな恐怖に怯えながら生きているのではないだろうか。

「そして、今朝になって……兵士が一人、点呼に現れませんでした」

ヘスナーがそう告げると、エリカが早速教えてやった。

「それなら、先ほど見かけました。木に吊るされていたので、頭部や肝臓が残っていたかどうかまでは……ちょっとわからないわね。なにしろカラスたちにさんざんついばまれていたから」

その冷淡な物言いに、ヘスナーがぞっとしたようにエリカを見た。

「つまり、頭部のない死体が三体、肝臓が抜かれた死体が三体、そして木に吊るされた死体が一体発見されたということね。それで、何者の仕業かはわからないわけですか？」

「隊員たちはゲリラの仕業だと主張しています。死体を切断したのは、われわれを怖がらせるためだと」

「住民からは話を聞きましたか？　司祭たちが見せしめに銃殺されたのであれば、口を開かせることができたのでは？」

「アバの仕業だと言っています」

トリスタンとエリカは揃って耳を傾ける仕草をした。

「アバ？」

そのとき、階下からオットーの声が聞こえた。

「ホルスト中尉が、発掘現場にすぐ来てほしいそうです」

ヘスナーが先の見えない運命に乾杯するように空のグラスを掲げた。

「今にわかりますよ」

八

一九四一年十一月
ロンドン
国外作戦局

ロールはこぢんまりとしたオフィスで座って待っていた。これと言って特徴のない陰気な部屋である。シャッター扉のキャビネット。何も置かれていない机に、クッション部分がへたった椅子が一脚。そして、猟犬を率いる追走猟の場面を描いた絵画が一点。極めつけのイギリスのお役人の執務室といったところだろうか。

新入りのマローリーの秘書がドアをノックし、返事も待たずに入ってきた。秘書は緑色の紐で括られた灰色の紙箱を机に置くと、疑わしげにロールをじろじろ見た。

「こちらが、司令官からあなたにお渡しするように言いつかったファイルです。それから、明日十八時三十分に大英博物館前で待つとのお言伝を預かっています。遅れないように願いますね。ご存じでしょうけど、司令官は時間にたいへん厳しいかたでいらっしゃいますから」

「ありがとうございます、ミス・バンブリッジ。帰るときにお席までお返しに伺います」

そう言って、ロールはとびきりの笑顔を向けた。

箱の蓋には白いラベルが貼られ、赤インクで《Edward Alexander《エドワード・アレクサンダー・》《Aleister》《アレイスター》Crowley《・クロウリー》》と記されていた。それを見て、ロールは以前、〈プロスペローの館〉でマローリーから見せられた禿頭の男の写真を思い出した。

「こちらは軍事機密に指定されている資料なんですけどね」ミス・バンブリッジは早速文句を垂れはじめた。「司令官があなたに閲覧を許可された理由がわかりませんよ。特にあなたのような育ちのよいお嬢さんにはふさわしいものではありませんからね。この人物は異常です。ご覧になったら身の毛がよだつと思いますよ」

「ご心配には及びません。フランス人はタブーに対する偏見を持っていませんから」

すると、ミス・バンブリッジはいかにも堅物らしく、けしからぬとばかりにロールを見据えた。まるでロールがストリップショーでも始めたかのように睨みつけている。それから、踵を返し、憤慨しながら部屋を出ていった。ドイツ人同様、フランス人のことを嫌っているのだ。そればかりでない。ミス・バンブリッジの前ではほかのヨーロッパの国々の話は禁物だった。彼女が重んじているのは国王陛下の臣民、それもイングランド出身の者だけなのだ。アイルランド人やスコットランド人などは論外で、大英帝国に属するに値しない無知蒙昧な民族として軽蔑している。

「意地悪婆め」ロールは毒づきながら箱の紐をほどいた。「どれどれ、マロリーくんの悪いお友だちのファイルを拝見するとしますか」

蓋を脇に置き、まずは箱の中味を確認する。MI5(注17)のレターヘッドにタイプ打ちされた長いレポート、国内外の新聞の切り抜き、開封済みの封筒……。封筒の口からは写真がはみ出している。ロールはその中から一番大きな写真を抜き出した。

幻覚に囚われたようにカメラをじっと見つめる中年の男。やはりあの男だ。〈プロスペローの館〉で見た写真の男と同一人物に違いない。それにしても……。ロールは笑いを禁じ得なかった。男はテーブルに肘をつき、軽く握った左右の拳を両の頬に当てている。いかつい顔の中央に鎮座する逞しい鼻、眉は弓なりで、引き結んだ口は我《が》が強そうだ。だが、なんといっても突飛なのがその頭に載せた帽子だった。〝摂理の目《プロビデンス》(注18)〟を貼りつけた三角形の布袋のような帽子を被っている。三角帽の両端がちょうど拳の上に垂れるような恰好で、それがサーカスのテントのように見えた。男の左側には倒れないように本が立ててあり、その背表紙には《Perdurabo》《ペルデュラボー》(注19)と記されている。

ロールは椅子の背もたれにのけぞった。

「どちらのサーカス団のご出身か知らないけれど、エドワード・アレクサンダー・〝アレイスター〟・クロウリーさん、そんな奇妙奇天烈ななりで外を出歩かないほうがいいと思うけど。即、病院送りになるわよ」

案に相違して、資料すべてに目を通すのに一時間以上もかかった。
その内容は呆れ返るようなものだった。

クロウリーは敬虔なプロテスタントの両親のもとで育ったが、信仰に対する反抗心から青年期には次々と思いつく限りの逸脱行為に走る。やがて神秘世界に魅せられ、アレイスターを名乗り、オカルティズムにのめり込んでいく。国内外の秘密結社、すなわち黄金の夜明け団、神智学協会、フリーメイソン、ほかにいくつもの騎士団の奥義を授かり、自らも結社を設立。そこでは通常の結社でおこなわれるような慣例的な儀式は排除され、性魔術が実践された。この性魔術に上流社会の人間が熱狂し、クロウリーはロンドンの中心地にＳＭクラブを開いて有名になる。クラブではクロウリーの極めて邪悪な理論をもとに悪魔的な儀式が繰り返された。

ロールは一連の性魔術の技法についての図説からなかなか目が離せずにいた。なぜミス・バンブリッジがあんなに憤慨していたのか、今ならわかる。

イギリスの大衆紙にその極端な活動の数々を暴かれると、クロウリーはインドやエジプトへ逃げた。作家、冒険家、ジャーナリスト、登山家、霊媒師、導師《グル》といったさまざまな顔を持ち、先の大戦中はいくつもの諜報機関から目をつけられていた。ドイツ側に雇われたスパイの嫌疑をかけられ投獄されるも、なぜか釈放されている。

読み進めていくうちにクロウリーの思想活動が世界各地に波及していったことがわかり、ロールは小説でも読んでいるような気分になった。一九二三年、パリにいたクロウリーはモンマルトルのアパルトマンで警察に逮捕される。そのときは、男性の愛人の死体のそばで虚脱したようにアヘンを吸っていたらしい。性欲が旺盛でバイセクシャルでもあったのだ。その後は、定期的にドイツとイタリアに出かけ、シチリア島のチェファルにセレマ修道院を設立。そこで男女の信者を交え、悪魔的な儀式に耽った。院内で信者の一人が死亡したことにより、イタリア政府より国外退去を命じられる。その後、イギリスに戻るも、ナチスが台頭してきた一九三〇年頃、再度ドイツに渡った。

さまざまな時代に撮影された写真からも、クロウリー自身が肉体的に下り坂にあることがわかる。少年時代の天使のような愛くるしさも、歳月の流れとともに衰えが顕著になっている。

ロールは丹念に資料を読み終えた。この人物には、おぞましいながらも人を惹きつけてしまう何かがある。何年もかけて調査したMI5の職員も同じような感覚に囚われたに違いない。ロールは箱に蓋をすると、紐で括った。資料をしまってもなお、新聞に掲載されていたクロウリーの言葉が引っかかっていた。職員が赤鉛筆で囲っていた部分だ。

《ヒトラーが生まれる前から、わたしはいる》

いろいろと解釈はできようが、どう解釈しようと、この男がいかれていることに変わりはない。マローリーがこの男をどう活用するのか、さっぱり見当がつかなかった。

ロールは時計を見た。そろそろ七時になる。帰宅の時間だった。サウサンプトンで惨たらしい場面に遭遇したせいで、疲労困憊していた。あの痛ましい女性の絶望しきった青い瞳は忘れようにも忘れられない。そして、あの臭いも。焼け焦げた体が放つ凄まじい臭い。今はただひたすらシャワーを浴び、鼻孔に染みついた臭いを取り除きたい。けれども、ロールの胸をむかつかせているのはそればかりではなかった。生まれてはじめて、冷静な判断のもとで人の命が奪われる場面に立ち会ったのだ。マローリーの行為は、あの状況下では最善の措置であったと、頭では理解している。しかし、それを支持する気持ちにはなれない。殺されるいわれのない人に引き金を引くなんて。絶対に自分にはできない。逆に、相手がナチスのクズどもや協力者《コラボ》だったら、殺せる。何人だって殺してみせる。ただ、血も涙もない人間にはなりたくない。

ロールは身震いして立ち上がった。コートを手に、ミス・バンブリッジに資料を返却するために秘書室に立ち寄った。中には誰もいなかった。廊下の奥の部屋から、笑いさんざめく声やラジオから流れるジャズ・オーケストラが聞こえてくる。また懇親会をやっているのだろう。SOEの職員たちを労《ねぎら》うために、業務終了後にときどき開かれているのだ。作戦を立て、死と紙一重の現場に男女問わず工作員を送りこまねばならないシビアな日常から離れる時間も、彼らには必要なはずである。

ロールは顔を出す気にはなれなかった。さっさと秘書室に入り、テーブルの上に箱を置いた。そして、帰ろうとしたとき、書類が保管されているキャビネットの扉が開いたままになっているのに気づいた。隙間から、フランス部門のエージェントのファイルが覗いている。

トリスタン……。

もしかして、あの中に……。

知りたい。どうしても。突如、ロールは気持ちが抑えられなくなった。

そう、マローリーには心を見透かされていた。――ええ、そのとおりですよ、司令官。わたしは、突然、目の前に現れたあのミステリアスな男のことが気になって、気になってしかたがないんです。モンセギュール城で最初に会ったときは嫌な奴だと思いました。あのときの彼は忌々しいドイツ人の協力者《コラボ》のように振る舞っていた。けれども、あとから彼には裏の顔があることがわかりました。つまり、彼もまた悪魔の軍団に立ち向かう天の軍勢の一人……司令官がそうおっしゃっていましたよね？　トリスタンはほかの仲間とは違う大天使。黒い翼を持ち、頭に角を生やし、悪魔に姿を変えた。悪と戦うために――。

それにしても、悪の牙城で任務を遂行しつづけるその勇気は、いったいどこから生まれるものなのか？　正体がばれたら恐ろしい拷問が待っているというのに。訓練センターで教官が読み上げた報告書によれば、ゲシュタポの拷問は残酷でそうとう凄まじいらしい。それを考えると……トリスタンは身の毛もよだつような任務を負っているのだ。

トリスタン……。

ファイルはすぐそこにある……。

ロールはキャビネットに近づき、舌なめずりをするようにじっと見入った。このままやむやにされるのは嫌だ。マローリーには何を訊いても無駄だろう。それならそれで結構。こちらはこっそり覗き見するまでだ。

とはいえ、誰かに見つかれば、二重スパイの疑いをかけられる危険もある。最悪の場合、SOEから排除されるだろう。しかしだ。自分はスパイになったのではないか？　ならば、これは自分の力を試すまたとないチャンスだ。

ロールは一歩前に踏み出し、仕切り板のラベルをさっと見渡した。あった。頭文字〈M〉の区分。十人分ほどのファイルがある。どれも、グレーかグリーンの紙挟みにファイリングされ、背表紙の上部に証明写真が貼ってある。素早く視線を走らせ、最後から二番目のファイルに目を留める。これだ。撮影されたのは何年か前だろうが、トリスタンに間違いない。穏やかで深い眼差し。唇にかすかな笑みを浮かべている。傲慢ともとれる表情だ。

ロールはドアのほうを見た。物音はしない。ここで誰かに出くわしたら、一巻の終わりだ。鼓動がどんどん速くなる。だが、自分にはセンターでの教えがある。《事務所に押し入るときは、二つの危険を乗り越えなければならない。一つ目は外の世界にあるもの。実在するものだ。二つ目はきみたちの頭の中に生じる。〝恐怖〟と呼ばれるものだ。恐怖は想像の産物であり、一つ目よりも質が悪い。これには兆候がある。それは理由もなく鼓動が速くなることだ。まずは呼吸を整えろ。それから……自分の可能性を信じるのだ》

ロールは静かに息を整えてから、ファイルを抜き出し、テーブルの上に置いた。それから、ドアから顔を出して、左右を見た。依然として廊下には誰もいない。ロールはテーブルまで戻ると、汗ばんだ手で紙挟みを開いた。

ロールは目を見張った。何もない。ただ白い紙が一枚綴じられているだけだ。紙には名前が記されていた。

《JOHN DEE《ジョン・ディー》》

九

一九四一年十一月
クレタ島

村から発掘現場までは、ほんの数百メートルばかりの距離である。かすかな風にオリーブの葉が擦れあい、それに呼応するように蟬がひっきりなしに鳴いていた。とはいえ、さすがにこの苛烈な日差しには蟬も音を上げているようだ。村の外に出るや、火、風、土の元素《リゾーマタ》が集合して働きかけ、とり憑《つ》いていた恐怖や邪気がたちどころに祓《はら》われた。少なくともトリスタンにはそう感じられた。遺跡に続く石畳の坂を上るうちに、不安の入り混じった疲れも消し飛んでいた。炎天下に円柱を頂いた壁がすでに視界に入っている。

「兵士の姿が見当たらないようだけど？」エリカが驚いて言う。

「村と遺跡を含む広域の保安を考えたら、検問やパトロールはもっと先で実施しているはずだ」

「美術が専門のわりには、軍事知識にも通じているようね」

「観察して結論に至ったまでだよ」トリスタンは言い開いた。

「喉を掻き切って殺す手口にしても、詳しいようだし。さっきの血しぶきがどうのっていう話も、なるほどと思ったわ」

　トリスタンはにやにやした。

「そういうきみは、考古学者の目で俺を見ているようだね。ほんの些細な違和感でも見逃しはしない。ところで、アバって何だと思う?」

「おとぎ話に出てくる妖怪のようなものじゃないかしら。子どもの頃に見たことがあるとか、言い伝えに出てくるとか、いわゆる夜の住人ね。想像の産物のようでありながら、まったくの嘘とも言えない存在」

　エリカが柱の一本を指さした。割れ目から乾いたセメントがはみ出している。まるで皮膚病を病んでいるようだが、実際のところ、それは遺跡を損なう害毒だった。

「見るからに、現代のクレタ島の石工は、ご先祖さまほど腕がいいわけではないな」トリスタンは評した。

「このクノッソスの遺跡は十九世紀末に発見されたものよ。当時の発掘調査は未熟で、科学的な考えに基づくものではなかった。とにかく、他人に先んじて古代の文明を見つけ出す。発掘者の頭の中にはそれしかなかったのね。その下に埋もれているかもしれないものに期待して、躊躇せずに遺構を壊して掘り返した。あとで修復すればいいとばかりに」

　日陰を求めて二人はナラの木の下に逃げこんだ。暑さはいよいよ堪えがたくなってきた。トリスタンはエリカに水筒を渡した。目の前の遺跡は広大で、果てしなく広がっているように見える。エリカがそれを専門家の目で捉える一方、トリスタンは未開の世界を発見したような感慨を抱いていた。何十年かのあいだ、そこにスコップを振るう音が響いていたのだ。それが今はしんと静まり返っている。人々が夢を追い続けてきた場所にはひたすら寂寥感が漂っていた。

「遺跡が発見されたきっかけは？」

エリカは水筒を置いて説明を始めた。

「通説では、農夫たちが土地を開墾して畑を作ろうとしているときに遺跡の壁にぶつかったと言われているわ。彼らはそれを村人や村長や司祭に話し、さらに司祭がほかの司祭に伝えたの。そして、一八七七年のある朝、ミノス・カロカイリノスという男がクノッソスに現れた。それまで土埃が立つ以外は何もなかったその土地の所有者の息子よ」

「考古学者か？」

「違うわ。石鹸商人よ。当時は珍しいことでもなかったのよ。トロイアを発掘したハインリッヒ・シュリーマンだって貿易商人だったでしょう？」

トリスタンはホメロスの世界に熱を上げていたというそのドイツ商人のことは本人の自伝を読んで知っていた。本人曰く、アキレウスが矢を射られて命を落とした伝説の都市が実在していたことを証明しようと、生涯その夢を追い続け、巨額の富を投じたらしい。そして、それを成功させたのだ。

「なぜ、その石鹸商人はシュリーマンほど有名ではないのだろう？」

「発掘作業では、彼自身も苦労をしたようで……」

左手から現れたホルスト中尉に気づき、エリカは話を中断した。常に疑心を抱いているのか、中尉の眉間には深い皺が刻みこまれていた。それでも、検問で見たときよりはだいぶましな顔つきになっている。中尉は一礼すると、振り返って村のほうを見た。眼下の家々は鎧戸を閉め、テラスに人の姿はない。

「住民はここを発掘することを望んでいません。恐れているのです」

「アバを？」エリカが訊いた。


中尉はオリーブが生い茂って日陰を作っている場所を選び、低い石垣の上に腰を下ろした。依然として空は容赦なく眩しい。

「隊員たちも以前は何より暑さを警戒していました。しかし、今では正体の知れないものに怯えています。アバの霊を目覚めさせることを住民たちが恐れているように」

エリカが指先でほつれた前髪の房をねじりだした。うんざりしている証拠である。

「つまり、こういうことかしら？　村には戒厳令が敷かれている。人が何人も殺されていて、おまけに幽霊の噂でもちきりで、兵士も学者もびくついていると……」

　エリカが問いかけても、中尉は聞こえなかったかのように振る舞った。検問の際に居丈高な物言いをされたことを根に持っているのだ。

　まったく民間人が舐めた口を利きやがって。しかも女ごときが。

　中尉はそのままエリカを無視して、トリスタンのほうを向いた。

「隊員たちはゲリラに殺られたのではありません。ゲリラはもっと離れた山中で活動しています。危険を冒して村まで下りてくることはまずないでしょう」

「ということは、住民の仕業ですか？」トリスタンが言葉を引き取った。「発掘調査を阻止するためなら、血で血を洗う事態となるのも厭わないということでしょうか？」

　不意に、中尉はぎくっとして後ろを振り向いた。しかし、海から吹き上げてくる風に、村まで続くマツ林が揺れているだけである。

「おや、幽霊でも見えました？」エリカが尋ねた。

　中尉は反論しようとして、口まで出かかった言葉をぐっと呑みこんだ。この女学者にどこまで見下されようが、絶対に動じないと心に決めたのだ。ヒムラーが遣わしたヴァルキューレを敵に回せば、それこそ命に関わる。こちらの先生とは仲良くしておいたほうが得策である。中尉は丁寧に笑顔を作って答えた。

「最初の襲撃で隊員三名が首を切断されて殺害されたとき、われわれは村中の家を一軒一軒虱潰しに調べました。その際に思いがけないものを見つけました。現在、博物館になっているカロカイリノスの家を当たったところ、未整理の古文書類の中から、発掘調査を記録した手帳が出てきたのです」

そのまま続けるようにエリカが合図した。

「ミノス・カロカイリノスは遺跡発掘に着手し、まず貯蓄倉庫をいくつか見つけています。しかし、彼は自分が有名になるような発見に憧れていました。それで、倉庫の棚をさらうことにすぐに飽きてしまったのです」

次第にエリカが苛々した表情を見せはじめた。だが、トリスタンは違った。

いよいよおもしろくなってきたとばかり、トリスタンは身を乗り出した。新たな事実が明かされる間際の、期待に胸を躍らせながら待つこの瞬間がなんともいえず楽しいのだ。

「カロカイリノスは、試錐をする際、作業要員として雇った村人たちがある区域だけを徹底的に避けているのに気づきました。礼拝堂があった場所です」

「遺跡に礼拝堂はなかったはずよ」エリカが主張した。「どの地図にも載っていなかったわ」

「十九世紀の当時にはあったのです。聖ゲオルギオスを祀る礼拝堂です。カロカイリノスはその一帯を集中的に掘り進めることにしました」

そう言うと、中尉は発掘現場の入口に向かって歩きだした。

高さの不揃いな低い石垣が迷路のように宮殿まで続いていた。列をなす宮殿の円柱が丈高いイトスギに対抗するように天に向かってそそり立っている。観光客向けの遊歩道を外れ、脇道へ入っていくと、再び鬱蒼とした茂みが現れた。芳しい香りを放つ雑木林が遺構を隠し、崩れ落ちた石の隙間にまでトキワガシが根を伸ばしている。

「カロカイリノスの手帳には遺跡の見取図がいくつも残されていて、それで礼拝堂の位置がわかります。現在の図面に照らし合わせてみると……」

中尉は溶岩が固まったような灰色の石の塊を指さした。よく見ると、それはおびただしい数の壊れた瓦だった。

「あれがその名残です」

トリスタンは掘削の跡を確かめようとするかのようにそばに近づいた。

「礼拝堂跡を探すのは造作なさそうだ。風化のせいか、辺り一面平らにならされているからね」

エリカが言い添えた。

「風化ばかりでなく……人の手が入っていると思うわ。特にカロカイリノスがここで何かを発見したのであればね」

中尉がポケットから革の手帳を取り出し、ページを開いてエリカのほうに差し出した。そこには茶色のインクで絵が描かれていた。

「礼拝堂の裏手でその何かが見つかっています。地下二メートルあまりのところに」

「まさか」

トリスタンは手帳を取り上げた。絵は走り書きをしたような、ごくごく簡単なスケッチだ。切石で塞がれた扉口が描かれている。エリカが手帳を覗きこんだ。

「尖頭アーチ型、切石積み……。中世の扉口だわね。古代遺跡の地下で、この扉は今どんな状態になっているのかしら？」

トリスタンは信じられない思いでスケッチを見つめた。中尉が再び口を開いた。

「それが発見された翌日には、村の住民が挙《こぞ》ってオスマン帝国政府に陳情に押しかけ、カロカイリノスによって遺跡から悪霊が呼び覚まされてしまうと訴えました。暴動を危惧した当局はただちに発掘を中止させ、礼拝堂に近づけないように土で埋め立てたのです」

トリスタンはその先のページをめくった。あとは断片的なメモが書かれているだけだった。どうやらこの時点でカロカイリノスの考古学調査はあえなく幕を閉じたらしい。

「わたしたちをここに呼び出したのは、この手帳と礼拝堂を見せるためですか？」

トリスタンに続いてエリカも尋ねる。

「このことはカール・ヘスナー博士には話しましたか？　博士は発掘調査の責任者ですから」

「今ではあなたが責任者です。ヘスナー博士はもはやわれわれとはまったく別の世界の住人となってしまいました。クノッソスには目に見えない力が働いていると信じきっているのです。とても適切な決断を下せるような状態ではありません」

「あなたの言う、その適切な決断とは？」

するると、中尉は礼拝堂のあるほうを向いた。そして、何歩か歩いたところで立ち止まり、踵で地面を蹴った。石がザリっと鳴る。

「ここの扉を開きましょう」

一〇

一九四一年十一月
ロンドン
地獄《ヘルファイア》の火クラブ

　ハードな黒いコルセットで締め上げたしなやかな肉体。真っ赤な革のブーツと揃いの手袋。深紅のルージュに漆黒のアイメイク。緋色のビロードの絨毯が敷きつめられたサロンで調教をおこなう二人のアマゾネスの装いは、地獄《ヘルファイア》の火クラブのフェティッシュな空気とよく調和している。赤と黒。血と闇の色だ。

　ロンドンにはほかにも秘密の社交クラブが存在していたが、SMプレイを客に提供しているのはここ地獄《ヘルファイア》の火クラブだけである。さらにこの店では、加虐趣味を満たしたい女性客を受け入れることもあった。

　二人のアマゾネスのうちブルネットのほうは、近衛騎兵《ホースガード》程度に顔を露出させていた。覆面の裸の男三人の首に鎖をつけ、意のままに操っている。ブルネットは茜色の額縁に入った大鏡に映る自分の姿にしばらく見入っていたが、不意に冷たく言い放った。

「お座り！」

男三人衆は唯々諾々とお座りをし、揃ってお手をした。

サロンの反対側では、ブロンドのアマゾネスがビロードの肘掛け椅子に座っていた。手足に鉄の枷《かせ》を嵌められた髭面の男が床に横たわり、ブロンドがヒールでその胸を踏みつけている。

「教えてやったとおりに言え、カエル野郎《フロッギー》」ブロンドが鋭い声で命じた。

「わたくしは時代錯誤の男でございます」

「そのとおりだよ……。まだ続きがあるだろう?」

金具を取りつけたヒールがぐいぐい肉にのめり込む。男は呻き、金切り声を上げた。

「ああっ、そんな……」

ブロンドがさらに力を込めると、男から苦痛の悲鳴がほとばしった。

「申します、申します！　フランスに帰国した暁には、わたくしは……」

「『わたくしは』のあとは何だよ?　このウジ虫が！」

「うぐぐ……女性に投票権を与えます。イギリスのように」

ブロンドは満足げな表情を浮かべた。

「よし。だが、おまえの言葉は嘘くさい。お仕置きはやめておこう」

「そんな殺生な！　どうか、わたくしめにお仕置きを」

マジックミラーの裏側の控え室では、奇矯な風貌の男がこの一連のやり取りを見物して楽しんでいた。禿頭のすべすべした青白い地肌、赤ん坊が猛スピードで老けていったような顔立ち。弛《たる》んだ瞼の奥から青い瞳を爛々とさせ、でっぷりとした体は黒い絹のローブで包んでいる。男の顔に辛辣な笑みが広がった。

「フランスの女性は自分の国の代表を選ぶこともできないのか……。おかしな国だ。国王の首はちょん切るし、女性の地位は低いまま。いったいあの男は何者かね、モイラ?」男は隣にいる赤毛の大柄な女に話しかけた。

女には独特の美しさがあった。ボリュームのある髪は手入れが行き届いており、豊かに波打って三角形の顔の輪郭を隠している。目もとと口もとは黒炭のように黒々と塗られ、真っ白な肌がそれを引きたてている。地獄の火《ヘルファイア》クラブの支配人モイラ・オコナーはメイクにも店のイメージカラーをあしらっていた。

「元フランス大使」とモイラが答えた。「ドイツに降伏したあと、ロンドンに戻ってきたのよ。あの男はこのわたしが懲らしめてやるわ。それで女性の地位が向上するものならね」

「で、あっちの犬どもは?」と男が言った。

「アレイスター……犬は犬でも、うちのクラブでは血統のいいエリートの猟犬しか受け入れないのよ。一人は保守党の代議士、もう一人は英国国教会の主教。それから三人目、あれは王室の人間ね。間違いないわ。プレイに励んでいる女性二人は……」

「いや、言われなくてもわかるぞ。ブロンドのほうは現職大臣の夫人で、ブルネットの女はロンドンで一、二を争う女性合唱団の主宰者だ。あのフランス人はついてなかったな。大臣夫人は生え抜きのサフラジェット(注20)だ」

モイラは灯りを点けて、机の上に書類の束を載せた。

「さあ、さっさと片づけてしまいましょうか?」

アレイスター・クロウリーは、ちょっと待てというふうに手を挙げた。鏡の向こう側で繰り広げられているショーから目が離せないのだ。ブルネットが男たちに激しく鞭を振るい、男たちはヒイヒイ、キャンキャンと騒々しい。

「世のお偉いさんがたがあのざまよ」クロウリーは間延びした声で呟いた。「もともと十八世紀に存在した地獄の火《ヘルファイア》クラブ(注21)では、SMプレイで支配側に立つのは男だけだった。当時、立派なご身分のジェントルマンに苛め抜かれた哀れな女たちがあの光景を見たら、クラブの進化を誇りに思うだろうよ。二十年前、この秘密の殿堂の運営を踏襲したとき、わたしはひたすら進化を目指した。なにしろ、モイラ、わたしは大英帝国随一のフェミニストだからな」

「それなら耳に胼胝《たこ》ができるほど聞かされたわ」モイラがため息をついた。「まさか、自分の持ち分を手放すのが惜しくなったんじゃないでしょうね」

「いやいや、そんなことはない。金がどうしても要るからな。それにしても、よくぞここまで逞しく成長してくれたものだ、妖女モイラよ。おまえはこのクラブを立派に切り盛りしている」

「妖女じゃなくて、仙女と言ってもらいたいわね。紅《くれない》仙女よ。あだ名はいいから、ほかにくれるものがあるでしょう?」

「確かにそう……。ああ、まいった、あれを見ていると、興奮してくるな」

モイラはカーテンを引いて、マジックミラーを隠した。

「ねえ、太っちょのニャンコちゃん、あとでいくらでも楽しめるじゃない。とにかく書類にサインをしてくれればいいのよ」

「前はそんな言い方はしなかったぞ……。わたしは年寄り扱いをされるようになってしまったのか?」

モイラは憐れみと皮肉の入り混じった表情でクロウリーを見つめた。

「いい? アレイスター……。二十年前、わたしに〝イニシエーション〟を授けてくれたあんたも、寄る年波には勝てないの。どんなに偉大な魔術師でも、所詮あんたは人間よ」

「おまえのその言葉は白熱した刃も同然だ。このわたしに刃を向けるなら、受けて立つぞ。わたしが精力絶倫であることを思い知るがいい」

クロウリーはモイラに抱きつき、唇を重ねようとした。だが、モイラのほうが一瞬早かった。コルセットから短刀を抜き、クロウリーの喉に突きつける。それから、相手の顔を覗きこんだ。まるで獲物を貪る前のライオンである。

「今度、わたしに触れてごらん。その喉をかっ切ってやる。取引を終えたら、千摺りでも万摺りでも心ゆくまでやればいいさ。サインしないなら、出ていきな！」

クロウリーの首からぽつんと血が滲みだした。クロウリーは惨めったらしくモイラから離れると、青い絹のハンカチーフで額の汗を拭った。

「おまえがアサメ(注22)を肌身離さず持っていたことを忘れていたよ。わかった。サインしよう」

クロウリーはペンを取ると、苛立たしげに一枚一枚花押を記し、最後のページに署名した。

取引を終えると、二人は部屋を出た。サロンでは苦痛の呻き声や鞭の音が激しさを増している。二人は狭くて暗い廊下を抜け、高級ホテルにあるようなバーに入っていった。部屋の隅に置かれたアールデコのランプが柔らかい光を投げかけ、中にいる二十人ほどの男女を照らし出していた。裸の者もいれば着衣の者もいて、低いテーブルを囲み、笑っては酒を飲んでいる。赤いゲピエール(注23)姿の女性バーテンダーがカクテルを作り、化粧とかつらで侯爵夫人を装った全裸の女二人が、それを客に供する。その周りでは、金ぴかの装飾品やタピスリー、甲冑が存在感を放つ。中でも三体の中世の騎士が目を引いた。赤い十字を染め抜いた白いマント、床に突いた剣、凄みのある兜。石造りに見せかけた壁の前で歩哨よろしく置かれている。

「これはまた独特の効果を上げているな。どんな意味が込められているんだ？」クロウリーが尋ねた。

「これといって意味はないわ。常連客と取引したの。ケンジントンの骨董商で信頼できる客よ。甲冑一体につき五回分ってところね」

二人はバーでしばらくくつろいだ。モイラが小柄なブロンドのバーテンダーにこっそり合図すると、女は意味ありげな目をしてカウンターにシャンパンのグラスを二つ置いた。

「アレイスター、乾杯しましょう」モイラが言った。「あんたが持ち分を譲ってくれてありがたいわ」

「人を喜ばせるためにわたしは生きているからね」ブロンドの女にねちっこい視線を浴びせながら、クロウリーが言った。「淫靡でそそるねえ、こちらのカクテルの女王さまは」

「気をつけたほうがいいわよ。バンシーは毒草も解毒作用のある草もよく知っていて、夜明けのお茶も宵の香油もこの娘に任せてあるの。森や風や夜の力を借りてバンシーにイニシエーションを授けたのは、このわたし。偉大なるパーン神が望むなら、バンシーはいつかわたしのあとを継いで魔女協会を率いていくでしょう」

「この娘が後継者か……。知りあったばかりの頃、おまえはアイルランドから出てきたうぶな田舎娘だった。去勢された男や不感症の女向けの十字架や祈禱書に誓いを立てるようなおめでたいお嬢ちゃんだった」

「あんたがわたしを開眼させてくれたことは認めるわ」

「このバーテンダーの娘を相手におまえはカーマスートラを実践していそうだな」クロウリーはにやついた。「おまえたちの儀式に参加したいもんだ」

　モイラは軽蔑したようにクロウリーを見た。

「わたしたちの教えは、あんたの淫らなお遊びとは関係がない」

「馬鹿を言ってはいかん。ペニスとヴァギナは大いなる宇宙に通じる唯一の扉だぞ」

「宇宙という大きなダンスホールでは、セックスは一つの舞踏に過ぎないわ。あんたみたいな好き者は、いつも最終小節で果てて死んだようになるわね。だから、わたしからあんたに小さな死《オーガズム》をプレゼントしてあげる。ついてきて」

　二人はバーを出て、螺旋階段を上った。ところどころに据えられた松明が足もとを照らし出す。大きな腹がつっかえそうになりながら、クロウリーはやっとの思いで一段一段上り、最上段に着いたときには息も絶え絶えだった。呼吸を整えるために足を止め、上ってきた階段を振り返っていると、モイラが声をかけた。

「もう疲れたの、クロウリー？　お愉しみの前に少し休憩する？」

「いや、平気だ。ただの運動不足だ。もう大丈夫」

　二人は赤い漆塗りのドアの前に来た。ドアは半ば開いていて、その前に緑色の絹の服をまとった若い女が控えている。

「レイ・リンを紹介するわ。上海出身よ」

「クロウリーさま、わたくしはあなたの僕《しもべ》です」女がお辞儀をした。「お噂はかねがね伺っております」

「惚れ惚れするねえ……すぐにでも食べてしまいたいよ……早く……」

クロウリーは足もとがぐらぐらと揺れるように感じた。倒れそうになり、その寸前でモイラとレイ・リンに支えられた。

「こんなところでのびている場合じゃないわよ、アレイスター。中にびっくりするようなものが用意してあるのよ」

モイラは片足でドアを開け、アヘンの強い匂いが漂ってくるようにした。部屋の中央には天蓋付きのベッドがあり、ブロンドの娘が横たわっている。黒いサテンのシーツが渦をなし、娘は体を折り曲げるようにしてこちらに背中を向けていた。丸くて白い尻が露わになっている。クロウリーは娘の顔を覗きこもうとしたが、視界がかすんでよくわからなかった。耳もとでモイラが囁く。

「あんたがくれるものを待っているのよ。がっかりさせないであげて」

「おかしいぞ、どうしたのかな……」

クロウリーは二人の女の手でベッドに座らされた。

「頭が……なんだか」

「さあ、横になって」

部屋中のものが自分の周りをぐるぐる回っている。だが、クロウリーはたじろぎはしなかった。これまでの人生で、どれほど多くの天国をさまよってきたことか。人工とはいえ、それらは天国には違いない。新たな昇天を経験するたびに、クロウリーはその虜になった。危険は承知のうえでのこと。クロウリーの体は柔らかいマットレスに沈んでいった。すぐ隣にはプレゼントが身を横たえている。肩が娘の肩に触れた。

「アレイスター、新しいお相手があんたのキスを待っているわ……」

モイラの声がこだまのように響く。

娘の体が放つ甘いバニラの香りがクロウリーの脳内に入りこんできた。クロウリーは横を向いて、娘を抱きしめようとしたが、思うように腕が動かない。娘は大きく目を見開いてクロウリーをじっと見つめている。娘は赤と黒の組み紐のような変わった首輪をしていた。ふとクロウリーの記憶に、あるイメージが蘇った。

この首輪……見覚えがある。

遠い昔、なんという名か忘れたが、未開の地で見たことがあった。殉教の村。照りつける太陽のもと、男も女も子どもも倒れている。全員が揃って奇妙な首輪をしており……よく見ると、それは喉を掻き切られた跡だった……。

クロウリーは体を起こそうとした。

「モイラ？　この娘は……」

不意に意識が闇に囚われ、隣に横たわる喉を切り裂かれた娘の顔も消えた。

一二

一九四一年十一月
クレタ島

トリスタンは起き上がると、窓の向こうの四角く切り取られた空を眺めた。夜明け前の空の青。窓を開けてみる。こんな色は地中海でしかお目にかかれないだろう。穏やかなひとときだ。天から落とされるギロチンさながらの苛烈な暑さも今は鳴りを潜め、この朝がどこよりも先に訪れる朝であるかのごとく、風が茂みの中ではしゃいでいた。トリスタンは記憶がすっかり洗い清められた気がした。過去の自分など実在していなかったかのようだ。束の間、波乱に満ちた自分の過去が消えたかに思えた。だが、その過去とはいったいどちらの過去だろう。自分で承知している過去か、エリカに話してある過去か？　トリスタンはエリカを起こさないように静かに窓を閉めると、ベッドに戻った。肉感的な丸みを帯びたシーツの端からほどけた髪が覗いている。

どんな夢を見ているのだろう？　エリカについて知っていることはほんのわずかだ。ナチスと親密な関係にある実業家の家庭で育った一人娘。家族はヒムラーやゲーリングと付き合いがある。ドイツの学界でも珍しい女性の考古学者。ヴァイストルト大佐が重体の今、アーネンエルベの責任者として全権を掌握し、もっぱらヒムラーに直接報告をおこなっている――。トリスタンは、エリカの肩の辺りまでシーツをそっと剝いだ。ベッドをともにする仲でありながら、なぜかこの女のことをろくに知らない。その話になるとたんに口が重くなるが、両親との関係はどうなのか？　貴族の出とは聞いているが、どうやってヒエラルキーの上層部の仲間入りをするに至ったのか？　ヒムラーから信頼を得ているのはなぜなのか？

ごそごそとエリカがシーツの下で動きだした。両の乳房が思いきり露わになる。曙光が射しそめるほんのり明るい部屋にいて、二人は伝説の恋愛譚の恋人たちにも似ていた。だが、しかし――。トリスタンはため息を漏らした。むしろ、相手に真実を明かしていないのは……。

「起きていたの？」

掠れぎみのエリカの声に、トリスタンはわれに返った。

「たった今ね。夜も明けた」

「隊員たちはもう配置についているのかしら？」

トリスタンは時計を見た。

「三十分後には始まるだろう」

前日にホルスト中尉と打ち合わせをしてあり、夜明けとともに軍が村を封鎖し、中央の広場に住民を集め、一軒一軒家宅捜索を実施することになっていた。もちろん、これは陽動作戦だ。家宅捜索のあいだ、精鋭たちからなる特殊部隊の主導で遺跡全体が監視下に置かれ、礼拝堂の発掘作業がおこなわれるのだ。ホルスト中尉はひじょうに楽観的で、例の扉はすぐに見つかるものと思っているようだった。

エリカは体温の残るシーツを体に巻きつけてベッドを出ると、ヘスナーが出土品を並べたテーブルの前に座った。

「ねえ、気づいていた？　ここにスワスティカが刻まれているでしょう？」

トリスタンはエリカから彫刻が施された金細工を受け取った。指先で挟んで持ち、いろいろな角度から観察していく。そして、その表面に触れながら、それがどんな人物の肌を飾っていたのか想像してみた。一人の女性が終生愛用していたものだろうか？　あるいは、何人もの人の手を経てきたのか？　物には魂はなくても、記憶が残されているものだ。その記憶をトリスタンは感じとろうとしていた。

「いろいろと考えてみたの。ヘスナー博士はきっとその金細工の発見場所を遺跡の地図に記録しているはずよ。見つけたのは礼拝堂のそばじゃないかしら。なんとなくそんな気がするわ」

「そうやすやすと博士から聞き出せるかな。きみは昨日、この宿を博士から取り上げてしまったんだぜ。そのせいで博士は教会の藁布団の上で寝る羽目になったんだ。俺たちに協力するとは思えないな」

「心配無用よ。地図なら、図書室の棚の左側の引き出しの中にあるわ。最初にここに来たときに見つけたの」

トリスタンは別に驚きもしなかった。エリカが考古学者というよりは刑事のように鋭い勘を見せるのは、何もこれがはじめてではないのだ。トリスタンは改めて手の中の金細工をまじまじと見つめなおした。純粋に宝飾品として作られたものなのか？　それとも、神のような存在に捧げる奉納品だったのか？

「きみはこれについてどう思う？」

「あなたも同じことを考えているんじゃないかしら。たぶん、これはレリックの在りかを示すもの。この近くにレリックがあるという証よ」

「アーネンエルベからここに派遣されてきた調査団は、ミッションの本来の目的を知らされているのか？」

「もちろん知る由もないわ。それに、彼らは明日、ベルリンに帰還させる。調査団は解散し、発掘調査の報告書は封印され、各メンバーはそれぞれ別の現場に派遣される。もうお互いに顔を合わせることもないでしょう」

「でも、情報漏洩の危険性はある。なにしろ、数日間で七名の死者が出ているんだ……」

「口外すれば自分の立場が危うくなる。それどころか、命もね。帰国前にしっかり釘を刺しておくわ」

エリカはカーキのシャツに袖を通した。続いて平織のズボン、そして、擦り傷だらけのブーツに足を入れる。手早く三つ編みにした髪が賢い少女を思わせた。

「はじめてきみを見たときも、まさにそんな恰好だったな」

「モンセギュールの城塞の中ね。こっちはあなたに気づかなかったけれど」

トリスタンは笑った。

「南フランスに派遣されたときは、ヒムラー長官から調査の目的を知らされていたのかい?」

「いいえ」

トリスタンは黙って考えこんでいたが、何はともあれ手を動かそうと思い、引き出しを開けてみた。なるほどエリカの言葉どおり、遺跡の地図がある。それをテーブルの上に大きく広げると、確かにヘスナー博士は几帳面に記録をつけていたようだ。出土品の発見場所と日付が一つ一つ明記されている。黒い丸は陶器類、青い三角は鉄器類、赤い星は工芸品を表す。分布状況を見ると、黒い丸印が全体に散らばっている。その大部分がアンフォラの破片だった。それに比べ、鉄器類の出土はかなり少なく、赤い星印に限っては一か所しかない。星印の横には博士の文字で〝スワスティカ〟と小さく書きこまれていた。

鏝《こて》や手箒、ヘラなど発掘道具を一式揃え終え、エリカがそばに寄ってきた。

「礼拝堂は……」

エリカは地図を覗きこむと、一番標高の高い範囲を指でたどった。

「……ここね」

赤い星はエリカの指さす地点から数センチのところにある。エリカがコンパスを地図の上に置き、地図を動かして磁北に地図の北を合わせる。

「礼拝堂と発見地点との距離を割り出せるほどではないにしろ、方角はわかるわ。ほら、礼拝堂から真東の方向に向かって掘り進めればいい」

「ひょっとしたら、発掘した痕跡が見つかるということだな」

「村の住民が発掘現場を隠していなければね。二度目の殺人が起きたあと、遺跡はしばらく無警戒の状態にあったようだから」

「ヘスナー博士は、住民がアバを恐れていると話していたな。現場を隠すとしたら、それが理由か……」

エリカは涼を取るように窓辺に座った。外壁をくすぐるように朝の風が吹く。エリカの肌はすでに黄金《こがね》色の輝きを放っていた。数時間日差しに晒されただけで焼けたらしい。そのせいか、ややきついその顔立ちまでも柔和に見えてくる。トリスタンはたまらなく欲情をそそられた。エリカは本棚から抜いてきた辞書を開いている。

「アラム語でAbba《アバ》は〝父〟を意味する語のようね。でも、〝一家のお父さん〟という意味以外に、教区を管轄する高位聖職者を指す称号として修道院内でも使われていたらしいわ」

「フランス語のabbé《アベ》（大修道院長）やabbaye《アベイ》（大修道院）は、おそらくそこから派生したんだろうな」トリスタンは指摘した。

「辞書には、徐々に〝導師〟とか〝聖人〟という意味に変化していったとあるわ」

「村の守護聖人を住民が怖がることなんてあるのかな?」

「あるわよ。中世では、聖人は崇められると同時に畏れられていたの。聖人には二つの世界、つまり生者の世界と死者の世界を行き来する恐るべき力があるという理由でね」

　エリカは立ち上がると、発掘道具を確かめて、リュックサックにしまった。階下で時計が六時半を告げた。

「時間どおりに部隊が……」

　言い終わらないうちに、広場でタイヤの軋む音がし、続いて近隣の通りに軍靴が響く音が聞こえてきた。トリスタンは小窓から外の様子をうかがった。怒号が上がる。ヘルメット姿の兵士たちが銃床で家々のドアを打ち壊している。そんなことなど一切お構いなしとばかり、エリカがリュックサックを肩にかけた。

「行くわよ」

一二

一九四一年十一月
ロンドン
地獄《ヘルファイア》の火クラブ

二人の女以外、館の中には誰もいない。二人といっても、一方は死んでいる。二人は冷蔵室として使われている地下倉庫にいた。生きているほうは紅仙女の異名を持つ女。モイラ・オコナーだ。今はタートルネックの黒いセーターを着ている。モイラは鋏《はさみ》を手に、死んでいる女の上に屈みこんだ。前日殺した女である。女は裸で、目を大きく見開いたままテーブルの上に横たわっていた。ざっくりと切り裂かれた首の傷は、赤い絹の細帯で慎ましやかに隠されている。モイラは女の頰を撫で、耳もとで囁いた。

「いいかい、善はいつも悪から生まれるのさ。わたしのおかげで、おまえは生まれ変わる。もっと幸せな人生が待っているよ」

モイラは鋏で死体の髪を一房と両手の人差し指の爪を切り、マッチ箱に入れた。マッチ箱には勝利のVサインをする英国空軍の陽気な航空兵が描かれていた。

次にモイラは死体の額に口づけをすると、右目の瞼を押し広げ、眼窩《がんか》に鋏の刃先を突っこんだ。鋏はすんなりと眼球と骨のあいだに入っていった。頰骨に親指を当てながら素早く眼球を抉《えぐ》り出し、神経を切断する。空洞の眼窩には丸めた綿を詰め、眼球はマッチ箱の中の髪と爪の上に載せた。

「約束しよう。一週間後、ニューフォレストで儀式をおこなう。魔法円（注24）の中でおまえの魂を浄化させてやろう。われらが姉妹、女王ブーディカ（注25）を祀る石のもとで。その英名を千古不朽のものとした女王、ローマ軍兵士にも決して屈することのなかった女傑のもとで。わが姉妹たちとともに祈りの夜を過ごし、おまえは新たに転生するのだ」

モイラはマッチ箱を引き出しの中にしまい、張りつめた表情にうっすらと笑みを浮かべた。

「これでおまえの魂は守られる。仕事に取りかかる前にヘカテに力を借りよう」

モイラは二つの松明が炎を上げている祭壇の前で跪いた。中央に銀の盆があり、玉座に座る女性の黒い木彫りの像が置かれている。背後に上向きの金の三日月が彫られ、黒い顔に赤い目が煌めく。

「ヘカテ、夜の女神よ、われを肉の儀式に導きたまえ」

モイラは像の前に、山羊の角の柄に細かい彫りを入れた銀のアサメをかざした。

「わが刃が汝の爪とならんことを。わが精神が汝の精神とならんことを。わが意思が汝の意思とならんことを。汝の化身がわが体内に宿らんことを」

目を閉じ、深く息を吸う。意識を遠のかせ、女神の魂を迎え入れるのだ。気温は十度を下回るというのに、額には玉の汗を浮かべている。熱く強い波動が全身の血管を駆けめぐり、声が不吉な高音になっていく。

「ヘカテ、ドゥルガー[注26]、カーリー[注27]、カリアッハヴェーラ[注28]、アスタルテ[注29]、ベスティア[注30]、ヤールンサクサ[注31]、セクメト[注32]、ベローナ[注33]、イシュタル[注34]よ！　われに強さを与えよ。力を与えよ！」

　モイラの瞳が妖しく輝いた。顔つきが一変し、獰猛な表情が表れる。モイラは立ち上がると、テーブルの上に横たわる女に歩み寄った。

　モイラはアサメの切っ先を女の臍《へそ》の真上に当て、ゆっくりと押しこんだ。銀の刃が柔らかい肌を突き破り、静かに腸に達する。慣れた手捌《てさば》きで正確に創口を広げ、もう一方の手ですでに冷たくなっている腸を取り出す。モイラは入神状態にあり、捌かれた死体が放つひどい悪臭さえ気にならなかった。十五分ほどかけて内臓を抜き、抜いた内臓はテーブルの足もとのバケツに入れ、空洞になった腹腔には羊皮紙を置いた。そこにはゲール語でそれぞれ四行ずつ三つの呪文が書かれていた。二つは呪いをかける呪文、三つ目は福を呼ぶまじないだ。第一の呪文でアレイスター・クロウリーの魂を地獄へ落とし、第二の呪文でイギリス国王に天罰を下す。そして、第三の呪文で、世界を再生しアイルランドを解放する者、アドルフ・ヒトラーにツキを呼びこむ。

さらに十五分かけて腹を縫った。それから、鋸で両手首を切り落とし、額の上にスワスティカを刻みつけて儀式を終えた。

モイラは満足して白いシーツで死体を覆い、松明を消した。そして、清々しい気分で静かに地下室を後にすると、黒ずんだ石積みの壁伝いに階段を上がっていった。この石壁は古い建造物の名残で、その起源は太古の昔に遡るが、いつの時代かは定かでない。少なくともイングランドがノルマン人に乗っ取られたときよりも前の時代だ。

先ほどから足もとでカサカサという音がしていた。音の正体はわかっている。ネズミたちがいそいそとついてきたのだ。嫌われ者のネズミたちだが、モイラは彼らに愛おしさを感じていた。ネズミがそばに来ても不快に思ったことはない。空襲で大下水渠《だいげすいきょ》が破壊されてから、市内にネズミが増えてきている。だからといって、上の階には行かせない。客を怖がらせるわけにはいかないのだ。

モイラがオフィスまで来たときには、ネズミたちはいなくなっていた。途中で進路変更したらしい。おおかた、テムズ川に通じる地下の換気口に向かったのだろう。オフィスは心地よい室温に保たれていた。モイラはマジックミラーのカーテンを閉めると、鞭や鋲付きのベルト、足枷、ベネチアン・マスクなど小道具がしまってある戸棚を開け、奥の仕切板を押した。カチッと音がして、仕切板が半開きになり、モイラはそこからキャスターの付いた箱を引っぱり出した。

十分後、モイラは通信機を机にセットし終えていた。周波数を十四メガヘルツに合わせ、受信できる状態にする。時計は二十時を示していた。ベルリンからメッセージが来る時刻までまだ余裕がある。モイラは安心して引き出しを開け、分厚い封筒を取り出した。そして、中から写真を出して机に並べた。

「哀れなもんだね、アレイスター。あんたがこれを知ったら……」

十枚ほどのネガには、喉を掻き切られた娘とその肩に右腕を回して横たわる裸のクロウリーが写っていた。肉付きのよい顔を娘の頬に寄せ、乳房の上に置かれた短刀に左手をかけている。

モイラは不快感を剝き出しにして、かつての師を見つめた。愚かな男だ。英国諜報機関が接触してきたことを自分に明かしてしまうとは。このうぬぼれ屋は、この前ふらりとやって来て、店の自己所有分を売りたいと言いだしやがった。身ぎれいになって、祖国のために働くのだと。

《モイラ、ここだけの話だぞ。ＳＯＥの要人がわたしに会いに来たんだ。ヒトラーに対抗すべく、オカルティストとしてわたしに力を貸してほしいと言っている。いいか、これがどういうことかわかるか？　英国を救うために、このアレイスター・クロウリーに国王からお声がかかったということだ》

クロウリーには、地獄の火《ヘルファイア》クラブの所有権を売却するよう要請があったらしい。たとえ持ち分が十分の一だったとしても、クロウリーがＳＭクラブのオーナーの一人であることには変わりない。国王陛下にお仕えするのに、そんな人物を任務に就かせるわけにはいかないのだろう。

《わかるよな、モイラ。わたしは崇高なミッションにこの身を捧げねばならん》

クロウリーという男はそうせずにはいられないのだ。肉体は老いても、我欲は健在なのである。

モイラは内密にと念を押されて頷いたが、クロウリーのたわけた話をそっくりそのままベルリンに報告した。意外にも、ＲＳＨＡ(注35)はこの情報に食いついてきた。そして、モイラにはクロウリーの弱みにつけ込んでうまく利用するように指示してきたのだった。

クロウリーが赤い内装の部屋で目覚めたとき、娘の死体はすでになくなっていた。麻薬を投与されていたクロウリーは頭がぼんやりとして、自分の身に何が起きたのか憶えていなかった。そんなクロウリーをモイラはさっさとタクシーに押しこんで家に帰した。

通信機のランプが点滅を始めた。モイラはヘッドホンを取り、耳に当てた。聞き慣れたモールス信号の音が鳴る。モイラは手帳を開き、メッセージを書き取っていった。

一三

一九四一年十一月
クレタ島

遺跡で一番高い場所に立ち、ホルスト中尉がエリカとトリスタンを待っていた。目標の辺りを見下ろし、作業をする隊員たちを注意深く監視している。隊員たちは一定の間隔をおいて並び、長い棒をそろそろと土の中に刺しては用心深く抜いていた。

まるで眠りについているドラゴンの背中の上を歩いているようだ。

隊員たちの姿を見てそんな印象を受けつつ、トリスタンはホルスト中尉に訊いた。

「調査の範囲を絞ろうというわけですね？」

「そのとおりです。万全を期して地雷処理班を招集しました。班員たちはひじょうに鋭い聴覚の持ち主ですから」

「何かわかったことは？」

中尉は地面がへこんでいる箇所を指した。

「あの辺りでいったん土を掘り起こしてから埋め戻しているようです。周囲と音がまったく異なります」

エリカがそばに寄って来る。

「もう少し範囲を広げてもらえませんか？」

「やってみましょう」

一番のベテランと思われる班員が、少しずつ歩を進めながら地面を慎重に叩きはじめた。同僚がそのあとに続き、指示どおりに地面に杭を打っていく。中尉のほうはすでに、スコップとツルハシを携えた隊員十名を呼び寄せていた。トリスタンはエリカのほつれた髪をそっと掻き上げると、耳もとで囁いた。

「いよいよ地獄の扉を開けることになる」


三十分もしないうちに、数メートル四方の範囲に杭が打たれた。すかさず土木班が作業を開始する。表層部の松葉や砂利の混入する腐葉土の下から、いかにも場当たり的に埋め戻したと思われる小石のゴロゴロした埋土《まいど》が現れた。埋土の下には地面を穿って作った通路が隠れていた。その内壁にはスコップで掘り進めた跡がまだ残っている。

「ここよ、ここだわ。ヘスナー博士が調べていた場所は」エリカが告げる。

「そして、そのときから殺人が始まったんだ」トリスタンは答えた。「急ぎましょう。住民に怪しまれないうちに」

「あれを見てください！」

ホルスト中尉が指さす先に、切石積みの壁がある。よく見ると、それは尖頭アーチ型の扉口だった。ついに地下の入口を見つけたのだ。

エリカの求めに応じ、隊員たちがその場を離れた。石積みは保存状態がよく、少しも損なわれていない。エリカはうっとりしながらその表面を撫でた。入口を塞いだあと、すぐに埋められたに違いない。だから、風化に耐えることができたのだ。

「ここを開けましょう」さっそく中尉が言った。

「これだから素人は困るのよね」エリカが皮肉る。「これは何世紀も前にブロックで塞いでモルタルで固めたものなのよ」

「ブロック一つ外すのにどれくらいかかるものだろうか？」トリスタンが訊いた。

「通常なら、一時間はかかるわね」

「それならもっといい方法がある」

眉根を寄せるエリカにトリスタンは説明した。

「ヘスナー博士が宿にしていたあの家で、今朝、これを見つけたんだ」

トリスタンは持っていた布袋を地面に置き、中からささくれだった木箱を取り出した。蓋を外すと、中にダイナマイトの筒がパレードさながらにきれいに並んでいた。導火線は火薬が湿気らないように油紙で巻いてある。

「どうするつもり？」怪訝な表情でエリカが尋ねた。

「ブロックを一つ一つ取り除いていったら、それこそ何日もかかってしまう」

「こちらとしても、それほど長く村を統制下におくわけにはいかないでしょう」横から中尉が言った。

「ブロックを一つ外して、そこにダイナマイトを仕込んで、爆破させる。それで孔を開けられる」

「そんなことをしたら、壁の向こう側が全部吹き飛ばされてしまうじゃない！」

トリスタンは安心させるように言った。

「大丈夫。爆風の方向を逸らすように設置するから。内部まで被害が及ぶことはない」

「絶対に失敗しないというなら、いいわ。ダイナマイトを使いましょう」エリカは決断を下した。

どのブロックを外すか見定めると、トリスタンはシャツを脱ぎ、早速ブロックの周りのモルタルをタガネとハンマーを使って削りはじめた。

目の前で作業をする恋人の体をエリカはしげしげと見つめていた。指や唇で存分にまさぐり、十分知り尽くしたつもりでいたが、昼間の光の下ではほとんど見たことがない。いずれにせよ、エリカが惹きつけられたのは、石と格闘しているときの筋肉の動きや、力を込めるたびに隆起する肩などではなく、その体に刻まれた無数の傷跡だった。中でも左肩の傷――鎖骨から肘にかけて走っている傷は何針も縫っているようだが、縫合のやり方にムラがあり、ひじょうに目立つ。こんな跡が残るなんて、いったいどこでどんな処置を受けたというのだろう。医者が下手くそだったのか？　エリカは傷から目が離せなかった。

最後のハンマーの一振りでブロックがぐらつき、やがて大きな音を立てて地面に落ちた。奥からつんとした臭いの空気が漏れ出てくる。やれやれとばかり、トリスタンは息をついた。障壁は二重構造にはなっていなかった。この開口部を塞いだ人々は、どうやらそこまで用心深くはなかったようだ。

この場所が荒らされることは絶対にないと考えていたのだろうか？　アバを恐れてここまで来る者はいないと思ったのかもしれない。

トリスタンはダイナマイトを仕掛けると、マッチを擦った。

「地上に退避してください」中尉が声をかける。

通路一帯に爆発の衝撃波が伝わり、土の内壁が崩れた。土煙の渦の向こうに、開口部を塞いでいた壁の一部が崩れ、孔が開いているのが見えた。

「あれで十分通れるでしょう」

そう言うと、トリスタンは通路に飛び降り、石積みの壁に開いた孔の中へ入っていった。中尉がそれに続こうとすると、エリカがいきなり前に立ちふさがった。

「アーネンエルベの人間以外の進入を禁じます！」

「そちらの指図は受けない！」

エリカはトリスタンが入っていった孔を指さした。

「あの中に入ってごらんなさい。そちらこそ、二度と指図ができなくなるわよ」

「二度目の脅迫か！」中尉はいきなり立った。

「これで最後よ。次はもう警告しませんから」

呆然と立ち尽くす中尉をその場に残し、エリカはさっさと孔をくぐり抜けた。中ではトリスタンが点けたランタンが光を投げ、壁に影が揺らめいている。天井はリブ・ヴォールト式だった。肋《リブ》の根もとに亀裂が入っているが、天井そのものが崩れ落ちてくる心配はなさそうだ。床には平らで大きな敷石が敷きつめられ、整然として、何世紀も時を経ているとは思えない。光の届かない部屋の奥だけが暗闇に沈んでいる。

一方、トリスタンは先に進むのをためらっていた。もちろん、この奥に何があるかは知りたい。あと何歩か歩を進め、ランタンをかざせばいいだけの話だ。しかし、ここはクノッソス。かのミノス王が統治していた都だ。伝承によれば、王妃のパシパエが牡牛に激しい恋をして牛頭人身のミノタウロスを産んだ。恐怖におののいた王は、生まれた子を迷宮《ラビュリントス》の奥に閉じこめたという……。

「ミノタウロスが怖いの?」後ろからエリカが声をかけた。

「人間の狂気から生まれたものが怖いんだ」

「わたしは平気よ」

エリカはトリスタンからランタンを取り上げ、奥を照らした。しかし、意外にもその先には何もなかった。ひたすら石の壁が広がっているだけである。エリカは唖然としたが、すぐに壁を調べようとした。

「待った!」

トリスタンがエリカの腕を摑んで引きとめ、正面の下方を指さした。

光と闇の狭間《はざま》に、長方形の石板が横たわっているのが見えた。そこだけ床より一段高くなっており、薄暗がりの中で見ると、まるで宙に浮いているようだ。触れないようにして、エリカが石の角に息を吹きかけると、何世紀分もの埃の下から黄土色の大理石が現れた。磨き上げられた石肌がランタンに照らされて光っている。とりたてて特徴はなく、表面に浮彫や彩画、文字などの跡は一切認められない。

「墓石のようだ。でも……」トリスタンは言いよどんだ。

「この下に眠っているのが人間じゃなければ……」エリカが呟く。

「アバか?」

「はるか昔から村の人々はずっと恐れてきたんじゃないかしら。ミノタウロスに始まり、アバまで……。殺人まで犯してしまうほど恐れている……」

そんなことを口走るエリカも珍しかった。怪奇的な現象や、科学の知見では説明のつかない謎に混乱しているのだろうか。ここ数時間、緊張続きだったからかもしれない。あるいは、いざ真実を知る段になって、いわれのない恐怖に襲われたのか？

「この下に何があるのか、知る方法はただ一つ……」

トリスタンはそう言うと、いったん表へ出ていった。そして、ハンマーを手にして戻ってくると、石の周囲をぐるりと回った。表面を観察すると、一段と暗い色の筋が左から右に走っている。それを指で中央に向かってなぞってみた。

「ここを叩けば、石目に沿ってきれいに割れるかもしれない」

「うまくいくかしら？」

一か八か、トリスタンは見定めた場所をハンマーで叩いた。天井の下で鈍い音が響く。

本当にアバがここに眠っていれば、今度こそ起こしてしまったかもしれない……。

衝撃で大理石に割れ目が走り、突然右半分が下に現れた空洞に落ちていった。

すかさずエリカがランプをかかげて近づく。

遺骸はない。

スワスティカもない。

がらんどうだ。

「おかしいわ。ここで間違いないはずよ。カロカイリノスとヘスナー博士の調査記録からしても……」

手にしたランタンも空しく、エリカは呆然と佇んだ。

「だったら、どうして一連の殺人事件は起きたのかしら？　空っぽの石櫃を守るため？」

不意に石櫃の内部を照らすランタンの光が、底のほうで何かに反射した。鏡の破片でもあるのか、それが光を跳ね返している。トリスタンは石櫃の縁《へり》をまたぐと、体を屈めて中に入りこんだ。

「どうしたの？」

「ここまで明かりを下ろしてくれ」

残りの左半分の大理石の真下で、鬼火のようにチロチロと何かが煌《きら》めく。腕を伸ばしてみると、ひんやりとした金属の感触があった。素早くそれを引き出したとたん、ハンマーで叩かれてもろくなっていた左半分が真っ二つに割れた。ほとんど同時にトリスタンは外に逃れ、たった今救い出したばかりのものをエリカに見せた。

それは剣だった。

一四

一九四一年十一月
ロンドン
ブルームズベリー

ブルームズベリー地区は夜が早い。大英博物館はもう閉館したところで、大勢の来訪者が三々五々帰っていく。ロールは、古代ギリシャ建築のような列柱と向きあうようにベンチに座っていた。昨夜SOEの事務所でこっそり覗いたトリスタンの幻のファイルの件が頭から離れない。秘書に見つかることもなく、無事に元に戻すことはできたが、問題の紙挟みには〈ジョン・ディー〉という名前以外、何も綴じられていなかった。その名前にしても、どうせ偽名だろう。情報が少なすぎる。二重スパイという立場上、トリスタンのファイルは別の場所に厳重に鍵をかけて保管されているのかもしれない。ロールは時計を見た。マローリーは三十分遅れている。時間厳守の鬼と言われる司令官も、もはや鬼ではなくなったようだ。

「相手に背中を向けて座るな。わたしなら一瞬できみを殺せるぞ」

いつもと変わらないマローリーの声だった。感情のこもらない、よく通る声だ。ロールはにこりともせずに振り向いた。

「ブルームズベリーは敵地ではありませんから」

「われわれが活動している限り、敵は世界中にいる。それを肝に銘じておけ。さもないと、きみはもう命を落としたも同然だ」

ロールはゆっくりと立ち上がり、マローリーに皮肉な笑みを向けた。

「あら、たいへん。では、司令官のお供をするより女好きの魔術師のそばにいたほうがまだましかもしれませんね。ともあれ、そちらのほうが楽しいには違いないでしょうし」

マローリーはさっさと皮肉の応酬を切り上げて、ホルボーン方面の小さな通りに向かった。

「その魔術師だが、ファイルを読んでわかったことは？」

「頭がいかれていて、変態で、おまけにずうずうしいいかさま師。それに、性的倒錯者のためのクラブを所有しながら、ヒモまがいの生活をしています。イギリス人がそこまで堕落しているとは嘆かわしい……」

マローリーは歩みを緩めた。

「確かにとんでもない大変態だが、熱烈な愛国者だとは思う。さあ、着いたぞ」

二人は、〈アトランティス〉と看板を掲げた神秘的な雰囲気の書店の正面で足を止めた。

ショーウィンドーの奥に占星術、魔術や呪術などの本が陳列されているのが見える。神智学や交霊術に関する書物の隣にはカバラ（注36）の概説書もある。宝石やネックレスや銀のブレスレットがところ狭しと置かれた棚に花を添えているのは、大判のタロットカードの挿絵の複製画である。そして、一際目立つところにクロウリーの著作が金の額縁に入った肖像写真とともに展示されていた。

「クロウリーびいきの店主と見えますね」ロールが言った。

「そのとおりだ。ここの地下ではときどき魔術の儀式がおこなわれている」

「黒ミサですか？」

「いや、違う。よくは知らないが、ロンドンで黒ミサに参加するなら別の場所だろう。ここでやっているのは、もっといかがわしいものだ」

マローリーは書店には入らず、その隣の店のドアの前に立ち、渋面の悪魔の顔のドアノッカーを三回ノックした。

ドアが開き、隙間から年老いた中国人の男が顔を出した。

「約束をしていた者ですが」マローリーが言った。

「どうぞ。お入りください」

マローリーとロールは中に入った。玄関の壁には紫色のビロードが貼られていた。黒い絹の長衣を着たその使用人は二人からコートを預かり、一つしかないドアを指した。ドアの向こうは廊下で、両側には過激な体位で絡みあう男女を描いたエロチックな絵画がずらりと並んでいる。ちなみに、絵のなかの男はどれも同じ禿頭の人物であり、作品ごとに相手の女は違う。ロールは、気まずそうな上司を横目で見て笑みを漏らした。

「ここでお待ちください。もうすぐ終わりますので」使用人が頭を下げた。

　間もなく廊下の奥のドアが開き、すらりとした赤毛の女が出てきた。女はベージュのコートをまとい、顔が隠れるくらいつばの広い帽子を被っていた。

　女は二人の前まで来ると、冷ややかな笑みを浮かべた。マローリーは女が出ていくのを目で追った。

「赤毛の女性がお好みのようですね」ロールがからかうように言った。

「そういうわけではないが、あの顔に見覚えがある。どこかで会っているはずだ」

「確かに、あの髪の色は目立ちますね。『岩窟の野獣』(注37)に出ていた女優に似ています。レスター・スクエアの映画館で観ました。あれを撮った監督は凄いと思います。ヒッチコックっていうんですけど。ご存じですか?」

「映画に行っている余裕などないからな」マローリーは素っ気なく答えた。

　使用人が二人に部屋に入るように促した。中で香を焚いているらしく強烈な匂いがする。二人はつややかな禿頭の男の背中に迎えられた。男はでっぷりと太った体を、踝《くるぶし》まで届く薄紫のトーガ(注38)で包み、フランス窓のほうを向いていた。窓の外にはツゲが植えられた庭が広がっている。

「どうもお待たせを。先客がありましてね。若い女性、廊下でお会いになったでしょう?」

そう言って男は振り向いた。資料によれば、六十代ということらしい。顔はむくみ、頰の肉が垂れ下がっている。つるつるの丸い頭部には赤い筋が走っていた。歪んだ口もと、大きな鼻にぎょろりとした目。射貫くような強い眼差しでこちらをじっと見ている。目の前のアレイスター・クロウリーは、ロールが見たファイルの写真とはほとんど別人のようだった。

「あの女性は何者です?」マローリーが尋ねた。

アレイスター・クロウリーは唇に人差し指を当てた。

「まあまあ、逢引の相手の女性の名前まで明かすのは野暮というもの。ことにわたしのような男の場合はね」

「火遊びはもう許されません。仕事を手伝ってもらうのであれば、われわれのあいだに隠し事は禁物です」

クロウリーは上目遣いでマローリーの表情をうかがいながら答えた。

「あれはモイラ・オコナー。わたしが株を所有していた社交クラブの経営者で筆頭株主だ。おたくに言われたから、わたしは自分の持ち分を売却した。彼女は弁護士に公正証書化してもらった譲渡証書の写しを届けに来ただけだ。なんだったら確認するかね?」

「いえ、結構……。モイラ・オコナーですか……」

「あの女のことはどうでもいいではないか。ともかく、友よ、よく来てくれた」クロウリーは大袈裟に手を広げて言った。「遠慮せずに、さあ、奥へ。恐れることはない。お持ちの幸福をいくばくか残していかれんことを(注39)」

「さて、その招きに応じていいものかどうか」マローリーは言った。「ドラキュラ伯爵が餌食にしようと、ジョナサン・ハーカーを迎え入れたときのセリフですね？」

「ＳＯＥのエージェントにそういう教養があるなんて、うれしいね。作者のブラム・ストーカーはわたしの友人でもあったんだ。ところで、そちらの魅力的なご婦人はどなたかな？」

　クロウリーはロールにねっとりとした視線を向けた。

「マチルダです。自己紹介はシンプルに、が信条です。以上」ロールが応じた。

「シンプルを標榜する人間ほど、ピカピカに身を飾りたてようとするものだ……」

　クロウリーはロールの腕を取り、画架の上の三枚の絵を見せた。

「どうだね。すばらしいだろう？　愚者に、星に、悪魔だ！　わたしのタロットの挿絵として、弟子のレディ・フリーダ・ハリスにとりあえず三枚仕上げさせたところなんだが」

　そこまで言うと、今のは独り言だとでも言わんばかりに言葉を切り、ひょいとお辞儀をしてみせた。

「おっと、うっかりしていたよ、お嬢さん。わたしも自己紹介をしておこうかね。わたしはセレマ（注40）の魔術師、大いなる獣《ト・メガ・テーリオン》、ペルデュラボー、黙示録の獣すなわち666だ。かつてそうであり、現在もそうであり、未来もそうである」

「民法上の名前で願います。アレイスター・クロウリーことエドワード・アレクサンダー・クロウリー」マローリーが指摘する。「前回会ったときから、あなたに候補者の資格があるかどうか検討を重ねてきました。実際、あなたの評判は最低最悪と言わざるを得ない。それでも、ヒトラーに対抗するには、多少のことには目をつぶらないといけないという結論に達したのです」

　クックッと、クロウリーは喉の奥で笑った。

「ああ、ナチスか……。まさに向かうところ敵なしだ。フューラーは破廉恥にもわたしの思想を剽窃《ひょうせつ》したからな」

「どういう意味です?」ロールは驚いて訊いた。

「まったく、ヒトラーは《汝の欲することを為せ》というわたしのスローガンを実践しているではないか！　まあ、確かにあの男はやり過ぎだな。ところで、報酬はどのくらいいただけるのかね、マローリーくん?」

「まずはミッションであなたの実力を証明してみせてください。報酬については、そのあとで考えましょう。それから、地獄の火《ヘルファイア》クラブの持ち株は売却したのですね?」

クロウリーの顔にふと暗い影が差した。

「ああ、売却したよ。だが《無一文こそ比類なき苦しみ》ともいうぞ。報酬は重要だ。まず、ミッションの内容について詳しく説明してくれ」

「ある人物に会ってほしいのです。少なくともＭＩ５のファイルによれば、一九三一年にあなたはドイツでその人物に会ったことがある。その人物とは……ルドルフ・ヘスです」

するとクロウリーはいきなり眠りに落ちてしまったかのように目を閉じた。それから目を開け、陽気に微笑んだ。

「うん、うん……いいだろう。導師《ラビ》のヘスのことか！　あのタルムード(注41)に精通している男だな」

ロールとマローリーは疑わしげに視線を交わした。

「その導師《ラビ》は、われわれが話しているヘスとは違う人物ではないでしょうか」マローリーが言った。「われわれはヒトラーの後継者と目されていたヘスの話をしています。五月に戦闘機でスコットランドに降り立ったヘスのことです。新聞でご覧になっていると思いますが」

クロウリーはうんざりしたような様子を見せた。

「その男で間違いない。ドイツで会った男だ。わたしは彼の秘密を握っているのだ。それを知ったら殺されかねないほどの秘密をね」

第二部

《ヒトラーは悪魔的な力にすっかり踊らされていて、女性と通常の生活を送ることさえ考えられなくなっていた。どのような形であれ、力に陶酔していられればよかったのだ》

——ヴァルター・シェレンベルク（親衛隊情報部国外諜報局局長）

The Labyrinth: Memoirs of Walter Schellenberg, Hitler's Chief of Counterintelligence（『ヒトラーの回想録』より。邦訳『秘密機関長の手記』大久保和郎訳／角川書店）

一五

一九〇八年十一月　ウィーン

ウィーン市民がマルガレーテン地区に近づくことはめったにない。そもそも、このいかがわしい地区と優雅で羽振りのよい中心地とのあいだには、目には見えないが厳然たる壁が長年にわたって立ちはだかっているのだ。どちら側の住民もやむを得ずこの壁を越える際は、まるで敵地に乗りこむような覚悟で臨んだ。富裕層からすると、社会において危険視すべき階層——郊外の工場労働者、仕事にあぶれた地方出身者、ハンガリー人やスラヴ人ら——が住む場所といえば、この陰気臭いあばら家が並ぶマルガレーテン地区のことを指す。いわば、このモノクロームの風景がうら寂しい郊外まで延々と続く地区は、国中の貧民が流れこんでくる吹き溜まりなのである。

そんなわけで、〈オースタラ〉誌の発行元がマルガレーテン地区の中心部にあると知ったときは、アドルフも正直驚いた。だからといって、その発起人と思しきイェルク・ランツに会いに行くのをやめるつもりはなかった。それどころか、ある事実がアドルフの好奇心をさらに掻き立てていた。このランツなる人物は、なんと中世に聖ベルナールが大きく発展させたシトー会（注1）の元修道士という経歴の持ち主なのだ。聖ベルナールといえば、十字軍の提唱者でもあり、テンプル騎士団の創設にも尽力した神学者で、かねてよりアドルフが心酔していた人物である。

　アドルフはまたもや道を尋ねた。もうこれで三度目だ。通りを歩いているのはオーストリア語もろくにしゃべれないような外国人ばかり。聞けば聞くほど道に迷う羽目に陥る。オーストリアに生まれながら、アドルフはこの国を忌み嫌っていた。言語も文化も異なる民族を寄せ集めたモザイクのような老帝国。まったくもって反吐が出る。国家には統一性があり、団結心がなければならない。それが国家というものではないか。まさに偉大なる隣国、ドイツのように。その政治のあり方は、アドルフの憧憬の的でもあった。

　みすぼらしい通りをあちらこちらと歩き回るうちに、アドルフは目的地のすぐ近くまで来ていることを悟った。目印になるものが見えないかと反対側の歩道に渡ってみると、家並みの向こうに灰色のスレート葺き屋根の塔が二本、朝の澄んだ空に向かってそそり立っているのが目に入った。思わず、アドルフは小躍りした。あの塔には見覚えがある。〈オースタラ〉第四号の表紙に描かれていたものだ。再び通りを渡り、家並みの向こう側に回ってみると、なんとも奇抜で挑発的な建造物に出くわした。しかも、そこはマルガレーテン地区のど真ん中あたる場所と来ている。きっとこれを建てた建築家は、遊び心であらゆる様式を採り入れたのだろう。二本の塔が中世の城を彷彿とさせるのに対し、ファサードにはヴェネツィア窓を配し、凝った造りの切妻はイギリスの田園地帯に点在する館を思わせた。こんな場所でこのような〝幻想建築〟にお目にかかれようとは。アドルフは、浮世離れした怪しげな領域に誘《いざな》うような大きな鉄格子の門へと近づいていった。

「ご用ですか？」

庭で煙草を吸っていた青年が声をかけてきた。年の頃はアドルフより上ということはなさそうだ。その顔には派手派手しい傷跡が走り、傷の先端は薄い口髭にまで達している。

「訊かれる前に言っておきましょう。これはサーベルの傷です。大学で決闘をしてね。学生生活もそれでぱあ。あっけないものでした。でも、決闘相手の墓に草が生える頃には、また学業に戻るつもりです。僕の名前はヴァイストルト。あなたは？」

「ヒトラーです」

アドルフは、門の脇の銅板に黒い文字で〈オースタラ〉と刻まれているのを確認した。

「ランツさんにお会いしたいのですが」

「こちらへどうぞ」

ヴァイストルトは門扉を開けると階段を指さした。

「〈オースタラ〉の編集室は二階です。ノックして入ってください」

「いいんですか？」アドルフは驚いた。「確認をとらなくても？」

ヴァイストルトの視線がじっとアドルフに注がれた。

「運命を追い求めている人は見ればわかります」


編集室から人の声はしなかった。ガラスの扉の向こうで、タイプライターを打つ音だけが響いている。アドルフは扉に近づき、ノックしようと手を伸ばした。ガラスに影が映ったのだろう、中から「入りなさい」という甲高い声が聞こえた。扉を開けてみると、そこはまるで巣穴のように小さな部屋だった。窓は堆《うずたか》く積み上げられた本で塞がれ、床は配達用のボール箱に埋もれて見えない。この〝紙の王国〟の中央にデスクがあり、男が巣房《すぼう》の中で丸まる幼虫のような具合に座っていた。一目見て、アドルフは男の手の白さに息を呑んだ。信じられないほど白い。細くて長いその手は、まるで血が通っていないかのようだ。顔色も同じように蒼白であり、現実離れしていて不気味なくらいだった。男は一言も発することなく立ち上がり、目の前の訪問者をじっと観察した。その様子は不可視のコンパスを操っているようにも見えた。

「身長は一メートル七十五センチに満たない。筋肉もなし。体重は七十キロを切っているだろう。全体的に髪は茶色だ。体毛が濃いな。その髭を見ればわかる。当ててみせよう……南イタリアの人間か……いずれにせよ、地中海盆地の辺りだろう」

「わたしはオーストリア生まれですが……」

「そんなことはなんの意味もなさない。それより、きみのその目は……灰色だね。しかも明るい灰色だ。それこそすばらしい証だよ。きみの中にはゲルマン民族の血が流れている。きみの眼差しがそれを物語っている。で、きみは何をしたいのかね？」

アドルフは口ごもった。

「わたしは〈オースタラ〉の読者で……」

「でなければ、ここには来ないだろう。それで？」

「その思想に深い感銘を受けました。それをお伝えしたくて」

精一杯のお世辞は功を奏さず、急にランツは後ろへ下がった。

「きみにとっての脅威とは何ぞや？　ユダヤ人か？　それともフリーメイソンか？」

「どちらにしてもたいした違いはないかと……」アドルフは驚いて言った。

「いいかね。ユダヤ人はすぐわかるぞ。ユダヤ人の臭いがする。だが、フリーメイソンは、きみやわたしと同じような姿をしているため、なかなか見抜けない。だから、彼らが一番危険なのだ。しかし、レヴィアタン(注2)の僕《しもべ》が犯した罪の報いを受ける日はもう近い。彼らの流す血の涙から、新世界が生まれるのだ。ところで、ヴァイストルト君には会ったかな？」

「はい。入口にいた青年ですね」

「わたしの秘書だよ。彼の容姿を見たかね？　顔の輪郭、肩の厚み、プラチナのような髪の輝きを。まさに〝新しい人〟だ。再生した人間。聖書に書かれているとおりだ（注3）」

　ランツは机の上の聖書を示した。

「神の御言葉だ。だが、それはわかる者にしかわからない。ユダヤ人は、無知であるが故に聖書を曲解した。全能の神の御心を理解したつもりになっている〝さまよえる民〟なのだ。彼らは真実を歪め、粉飾し、偽った。しかし、啓示の時は近づいている」

　もとよりアドルフは、宗教というものが生理的に大嫌いだった。だが、それにも増して虫唾が走るのは司祭やら牧師やらが語る道徳心というやつだ。隣人愛などと、まあよくもぬけぬけと言えたものである。そんなのは権力者だけに都合のいい戯言であり、他者を従属させるための言葉ではないか。かつて自分は、町の名士たちにペコペコと頭を下げてばかりいる母親の姿を見るにつけ、子どもながらに怒りを覚えたものだった。日曜日に神の肉を食べ、残りの六日間は民衆を食いものにする偽善者ども。

「〈創世記〉は読んだかね？」

　アドルフは頷いた。

「ならば、イヴが蛇に誘惑されたことで、人間が堕落の道をたどったことは知っているな。では、この蛇とはいったい何者であるか？」

「悪の象徴？」

　ランツは微笑んだ。

「わたしも長いあいだそう思っていた。だが、違った。蛇は象徴ではなく、比喩だったのだ。ユダヤ人は、イヴを誘惑した者を悪魔の化身だとしたが、それは真実を隠すためのまやかしに過ぎない。小細工だよ」

アドルフは唇をきっと結び、真顔になっていた。ランツを熱のこもった視線で見つめる。もとより心の底ではわかっていたのだ。教えられてきたのが嘘でしかないことを。社会は、影の力が権力志向と支配欲を満たすために都合よく操っている劇場に過ぎない。でなければ、長きにわたって自分が拒絶され、ひたすら惨めな思いをしてきたこと、そして、目の前で、門戸がすべて閉ざされていることの説明がつかないではないか？

「蛇など存在しなかった。〈創世記〉で実際に語られているのは、まったく別の話……世界の裏の歴史なのだ」

すると、ガラス扉が開き、ヴァイストルトが入ってきて部屋の隅に腰を下ろした。

ランツは続けた。

「確かに、人間は堕落した。だが、それは一人の女や卑しい蛇などのせいではない」

「もとをただせば」ヴァイストルトがそのあとを引き取った。「世界に君臨していたのはただ一つの人種でした。白い肌に明るい色の瞳と髪を持つ民族です。彼らは北方よりやって来て、全世界を支配しました。あなたのその灰色の、ほぼ青とも言える瞳は、彼らから受け継いだものです。あなたがアーリア人に起源を持つ、何よりの証拠なのです」

「それで、そのあとはどうなったのですか?」アドルフは尋ねた。

「それは、エデンの園の伝説を解釈するといいでしょう。次第に、人間の一部は怠惰になっていきました。支配の手を緩め、狩りをやめ、戦いをやめ……。気候のせいで肌の色も濃くなりました。こうして、弛みきった堕落した〝有色人種〟が誕生したのです」

「その後、この有色人種は原始の人種と交わり、世界を汚染していった。原始の人種の優位性は徐々に失われ、その数は減り、今や絶滅の危機に瀕しているのだ」

「蛇に誘惑されたイヴが意味するものは、劣等人種による優等人種の汚染なのです」

アドルフは度肝を抜かれた。そんな説は今まで聞いたことがない。まだよく理解できないが、ただ自分の起源がアーリア人であるというのは興味深い。なるほど、そのせいで自分は他人から潜在的な妬みを買ってしまっていたに違いない。劣等人種どもの妬みを。

「原始の人種を復活させるには」ランツが強い口調で言い放った。「〝人種の浄化〟を断行せねばならない。不純な者との婚姻を禁じ、劣等人種を絶滅させる。女性は、純粋な血統の者のみが子をなすことを許される。そして、受胎のための専用施設を設け、女性を真のアーリア人男性とのみ交配させるのだ」

アドルフは、はじめて光が射しこんできたような気がした。その一方で、持ち前の批評家精神がむくむくと頭をもたげてきた。

「でも、どうやってこれまでの流れを逆転させるつもりですか? どうやって時計の針を巻き戻そうというのです?」

ランツがヴァイストルトに向かって言った。

「この青年の目……やはり間違いない。あれは先祖からの遺産だ」

それからアドルフのほうを向いた。

「仕事は何をされているのかな、ええと……」

「ヒトラーさんです」横からヴァイストルトが言った。

「美術を学んでいます。絵を描いたり……」

「つまり、財も持たず、友も持たず、内に籠っているというわけか。違うかね?」

アドルフは青ざめた。前日の失敗が頭をよぎり、耐えがたい屈辱となって蘇ってきた。

「まあ、わからないでもない。有色人種はいたるところにはびこっている。連中は相手がアーリア人だとわかるや、すぐに迫害する。誰も助けようとはせず、仕事も回さない。それどころか、何万という薄汚れたスラヴ人や盗人猛々しいハンガリー人、何よりユダヤ人のほうを受け入れようとするからな」

「ウィーンにはユダヤ人居住区があります。もうそこには入りきれないほど、その人口が膨れ上がっていることは知っていますか?」ヴァイストルトが言った。

アドルフは黙って頷いた。だが、実のところ居住区に住むユダヤ人のことなど何一つ知らなかった。ランツが続けた。

「なぜ、彼らが増殖し、われわれを凌駕するほどになったのかわかるかね？　ひとえにそれは彼らが結束しているからだ。それに引き換え、われわれにはもはや共有するものが何一つない。歴史も、血縁も、宗教も……。有色人種によって、われわれは根ざしていた土地からその根を抜かれてしまったのだ」

ランツは立ち上がると、その真っ白な手をアドルフの肩に置いた。

「だが、自分の本当の血筋を知った今、きみは自分自身を取り戻したのではないかね？」

一六

一九四一年十一月
ロンドン
ブルームズベリー

中国人の使用人が茶と菓子を盆に載せて持ってきた。クロウリーは「あとは自分でやる」と言って使用人を下がらせた。そして、カップに琥珀色の茶を注ぎながら、絡みつくような目つきでロールをじっと見つめた。

「砂糖はいくつかな?」

「いえ、結構です」ロールは窮屈そうに答えた。

「それはどういうことでしょう。ヘスはユダヤ人だったということですか? 俄《にわ》かには信じがたい話ですが」マローリーが言った。

クロウリーは椅子に座り、両手を肘掛けに置くと、表情を一変させた。もはや同じ人物とは思えないほどの変わりようで、その場の空気を一気に支配してしまった。クロウリーは厳かな声で言った。

「耳の穴をかっぽじって、よく聞くがいい。そちらの手もとにある資料は間違っているぞ。わたしがヘスに会ったのは一九三一年ではない。一九三二年の十月だ。ベルリンのハヌッセン宅で内輪の晩餐会があり、そのときに出会ったのだ。ハヌッセンは千里眼で、ドイツでは誰よりも有名だった。当時、アドルフ・ヒトラーはまだ権力の頂点には手が届いておらず、塞ぎの虫にとり憑かれていた。大統領選で勝てる自信もなかった。そんなわけで、ヘスをありとあらゆるオカルティストや占星術師のグループに送りこんでは、自分にいい兆候が表れないか調べさせていたのだ。どの占い師もナチ党は落ち目だと評するなかで、ハヌッセンだけが将来ヒトラーが勝利することを予言した。それでヘスとハヌッセンは親しくなった。互いに占星術好きであることもわかり、意気投合したのだ。その日の晩餐会は和やかに運んでいたよ。まあ、ご婦人がたの姿はなかったがね。いずれにしろ、わたしにはヘスがたいした人物には見えなかった。わかりきった意見しか述べず、国家社会主義やアーリア人の優位性については冗長に語る。おかげでほかの参加者たちは眠くなりはじめていた。そのとき、ふとわたしは思いついたんだ。催眠術をかけてみようとね」

「ヘスに催眠術をかけたのですか?」

クロウリーは両目を手で覆い、瞼を引っぱるようにして揉んだ。そして、しばらくそうしてから気が済んだように大きく息を吐いた。ロールにはその様子が猫に見えた。巨大な変態デブ猫だ……。

「ああ、そうだとも。何を隠そう、わたしは催眠術をかけることもできるからね」クロウリーは得々として答えた。「晩餐会もそろそろお開きという段になって、輪廻転生が話題に上った。多くのナチス幹部と同様、ヘスも輪廻の思想を固く信じていた。そして、自身の前世は七世紀初頭のバイキングの王だなどとのたまうのだ。そこで、わたしはヘスに前世の記憶まで遡ってみないかと持ちかけた。催眠術をかけてみると、実に興味深いことが起きたよ。催眠状態に入ったヘスは、なんとイディッシュ語(注4)で話しはじめたのだ！　自分は中世のニュルンベルクで暮らす導師《ラビ》だと言う。タルムード(注5)に造詣の深い碩学の徒といった様子だった。なんせあの反ユダヤ主義のヒトラーの側近が、トーラーやユダヤ教の聖典について滔々と語りだすんだからね、耳を疑ったよ」

「それは本当の話ですか？」ロールは疑ってかかった。

「毎度のことだが、輪廻転生の話をすると、みなそう言う」クロウリーは眉一つ動かさずに答えた。「ハヌッセンやほかの客もそうだったよ。笑い転げるか、恐れをなすか、反応は二つに分かれた。自分の前世がバイキングではなく、ユダヤ人だったことを知ったら、ヘスはSA《突撃隊》の連中を差し向けて、われわれを皆殺しにしただろう」

「それをどうやって切り抜けたのですか？」

「記憶の上書きだよ。つまり、ヘスの妄想に適う形で偽の記憶を植えつけてやったのだ。おかげでヘスの前世は五世紀の祭司からスウェーデンの暴君に塗り替えられた。催眠から覚めたヘスはうっとりとして、神秘的ですばらしい体験をしたと感動していたよ。もちろん、誰も導師《ラビ》のことは口にしなかったがね。実は、これには後日談があるのだ。晩餐会からしばらくして、思いがけずヘスの訪問を受けた。感謝の気持ちを伝えに来たと言って、それはもうひどく興奮していた。あれから北欧神話の神、バルドルの存在を身近に感じるようになった、自分はバルドルに導かれているに違いない、などとぬかしてね。まあ、ヘスにとっては角つきの兜を被った守護天使といったところなんだろう。ヘスはひじょうに感激していて、『さっそくフューラーにも催眠術をかけてほしい。フューラーの前世が知りたい』と熱心に頼んできた。丁重に断ったがね」

「なぜ断ったのですか」

「考えてもみたまえ。ヒトラーの前世がパレスチナのユダヤ人大工だったらどうするかね？　あるいはアメリカの黒人奴隷だったら？　わたしは脳天を撃ち抜かれて終わりだよ。だから、その翌日にベルリンを離れ、イギリスに戻ったのだ。だが、ナチスで輪廻転生を信じている連中のリストならあるぞ。わたしは旅先で見たこと聞いたことは必ず手帳に書いておくようにしているからね。そんな手帳が五十冊はあるはずだ」

「その手帳をわれわれに提供してもらえませんか？」

クロウリーは困ったような顔をしてみせた。

「そうか、それなら、探さんといかんな。箱に入れて、屋根裏部屋のどこかにしまったはずなんだがね。いやあ、これは相当時間がかかりそうだぞ。そうなると、いつまでもわたしの本領が発揮できない……。つまり、ヘスに会うというミッションにも影響してくるというわけだ。どうだね。思いどおりに事を運びたければ、今、われわれにはやるべきことがあるのではないかね」

「と言うと……」

「わたしは手帳を探すから、おたくはおたくで、わたしの報酬を弾んでくれるよう会計係に掛けあってくれ」

ロールは黙って聞いていたが、ここまでのやり取りを通してクロウリーという男の評価を改めた。狂人の中には時にすぐれた政治的手腕を発揮する者がいるが、まれに商才にたけている例もあるのだ。

マローリーは立ち上がった。

「いいでしょう。少なくともヘスがあなたに対していいイメージを持っていれば、われわれの取引に有利に働くはずです。ヘスがあなたのことを憶えているといいのですが。ヘスからはできるだけ多くの情報を聞き出してください」

「どんなことを聞き出すのだ?」

「明日の夕方、迎えに来ますので、そのときに話します」

「ヘスはどこに収監されているのかね?」

「イギリス一有名な監獄、ロンドン塔にいますよ。そこでは多数の王侯貴族が首をはねられましたが、現在収監されているのはヘスだけです」

クロウリーの住まいを後にすると、マローリーは少し思案してから、ロールの腕に手をかけた。

「きみに頼みたいことがある。ミッションだ」

「今からですか？」

「そうだ。さっき廊下ですれ違った女だが、思い出した。あの女はアイルランド人で、モズレーの黒シャツ隊のシンパだ」

「黒シャツ隊はイタリアだけかと思っていましたけど」

「いや、イギリスにもいる。ヒトラーやムッソリーニに傾倒していたファシスト連中で、貴族のオズワルド・モズレーが率いていた。戦前には、ロンドンで多数の支持者とともに示威行進をおこなっていた」

「取り締まりはなかったのですか？」ロールは驚いて尋ねた。

「いや、開戦して間もなく解散させられた。モズレーと幹部たちは逮捕され、拘禁されている。(注6) あの女、モイラ・オコナーには一九三八年、ヒトラーとムッソリーニが署名したミュンヘン協定を祝うパーティーで会っている。モイラはモズレーと同じくヒトラーに共鳴し、アイルランド独立を支持していた。クロウリーと繋がっていたことが気になる。モイラを尾行して行動を確認し、逐一報告してほしい」

一七

一九四一年十一月
ベルリン
アーネンエルベ本部

図書室の中は薄暗かった。この時間から仕事を始めている研究員は一人もいない。事務室はどこも閑散として、廊下も静まり返っていた。建物全体が眠りについている。トリスタンはテラスに面したフランス窓の近くに座っていた。やがては庭園の木々の梢の上から太陽が顔を出し、その光が世界をあまねく照らし出す。だが、今はまだ心地よい闇の中に浸っていられる。結局は、闇の中が一番落ち着く。光がまだ夢の世界だけを照らしている夜明け前のこの時間帯がいい。目には見えないが、暖かい繭の中で守られている気がする。トリスタンは、静かに祈りを唱えるように両手でコーヒーカップを包みこみ、肘掛け椅子の革の背もたれに頭を預けた。エリカはまだ上の階で眠っている。さしあたり、誰にも邪魔されることはない。仮に誰かが図書室に入ってきたとしても、こんな暗いなか、さすがに閲覧者がいるとは思わないだろう。何かに気づくとしたら、机の上に開かれた書物くらいだろうか。書物は十冊ほどある。どれもクレタ島に関するものばかりだ。数世紀前の昔の地図、旅行記、島の歴史……トリスタンは夜中に急に思いたち、クレタ島について調べていた。

書物の脇に置いたメモ帳はまだ白紙のままだった。文献には一通り目を通したが、クノッソスで発見された剣の解明に繋がるものはなんら見つからなかった。空洞の墓やとりたてて特徴のない剣に関する記述など皆無である。とにかく早急にエリカと二人で剣の意味と有効な手がかりを探さなければならない。ヒムラー長官が要求しているのは答えであって、疑問ではないのだ。

「ずいぶん早いのね」

エリカが図書室に入ってきた。毛布をトーガのように体に巻きつけている。トリスタンは立ち上がり、席を譲ってやった。エリカは猫のように丸くなって、肘掛け椅子の中に収まった。

「飛行機の中で寝てきたからね」トリスタンは釈明した。「眠れないので、少し調べてみようと思ったんだ」

「それで、何かわかったの？」

そう訊きながら、エリカはそばの椅子を引き寄せると、その上で両脚を伸ばした。

「いや、特にない。ただ、クレタ島は何世紀にもわたって、ローマ、ビザンティン、アラブ、ヴェネツィア、オスマン帝国からの侵略を相次いで受けてきている」
「あの地下の墓所が作られた頃でいうと?」

「ヴェネツィア人が占領していたときだ」

エリカが毛布を膝までたくし上げた。窓の上部から射しそめる朝日に映えて、踝が眩しいばかりに白い。

「ヴェネツィア共和国ね。ヴェネツィアに行ったことはある?」エリカが訊いた。

トリスタンは首を横に振った。

「わたしと出会う前は、いろいろな国を回ってきたんでしょう?」

「俺がスペインにいたことは知っているよね」

「ええ。でも、あなたのことはほとんど知らない。たとえば、その左肩の傷跡。ずいぶん下手くそな医者が縫ったようね」

「縫ったのは医者じゃない」

エリカが毛布を数センチ捲り上げた。

「あなたのことを教えて。はぐらかさずにちゃんと答えてくれたら、そのたびに、少しずつ毛布を捲っていってあげる」

「何が知りたい?」

「スペインでは何をしていたの?」

「前任のヴァイストルト大佐から何も聞いていないのか？」

「そんな時間はなかったわ……。胸を撃たれたら、会話ができるまでに回復するにはだいぶ時間がかかるでしょう。今もまだ昏睡状態だし……。それで、スペインでは？」

「スペインでは、ある蒐集家の絵画コレクションを国外に移送する仕事を請け負っていたんだが、その蒐集家が亡くなってしまってね」

　エリカが毛布を引き上げて太ももを露わにする。

「モンセギュールではドイツ軍の制服を着ていたわよね？」

「スペイン共和国軍の制服のあとにね。内戦が国際化していたからだよ。生き延びるためには、何より優勢な側の味方につくことだ」

「日和見主義のようね」

「きみほどじゃないさ。いずれにせよ、ヴァイストルト大佐が倒れたおかげできみにチャンスが転がってきた。今やきみはアーネンエルベの責任者だ。大佐が目を覚ますまではね。いや、別に不満があるわけじゃない。もしこれがきみの前任者だったら、クレタ島から帰国したあと、俺はきっとお払い箱になっていたはずだ。もうなんの役にも立たないからな。大佐にはどうかこの世の終わりまで、目覚めずにいてもらいたいよ」

「めったなことを言うもんじゃないわ……」エリカが毛布を下げながら言った。「壁に耳ありよ。フューラーの耳に入りでもしたら、ただじゃ済まないわよ」

「どうして?」

「大佐とフューラーは若い頃からの知り合いなのよ。先の大戦の前、ウィーンでイェルク・ランツが発行人を務める雑誌〈オースタラ〉の編集部で出会ったらしいわ。ランツというのは、のちに国家社会主義と言われるようになる思想を提唱していた男よ。ランツとヴァイストルト大佐はフューラーの思想形成に重要な役割を果たしたと、ヒムラー長官から聞いたことがあるわ」

突然、ドアの向こうで声が響いた。

「所長、準備が整いました。出発は何時になると伝えればよろしいでしょうか?」

エリカは毛布を巻きつけたまま、素足でさっと立ち上がった。

「二時間後に」

「出かけるのか?」トリスタンが驚いた。

「あなたも一緒よ」

「どこに?」

「ヴェヴェルスブルク城よ」

アーネンエルベの本部はベルリンにほど近い郊外の高級住宅地にあった。この辺りは貴族が周辺地域の平民とは一線を画すため、権力の中枢のお膝もとに群がって屋敷を構えた地区である。広々とした庭園の中心で樹齢百年以上の木々に守られて建つ本部の建物は、田舎の一軒家のようだった。おそらくヒムラーは極秘の研究を人知れず進めようとしてこの場所を選んだものと思われる。エリカがヴェヴェルスブルク城へ行く用意をしている時間を利用して、トリスタンは庭園の中を歩いていた。クレタ島の乾ききった風景を見てきたあとではなおさらだが、草深い木陰を歩き、鳥の羽ばたきや、何やら小動物が茂みの中に逃げこんでいく音を耳にするのは気分がいいものだ。古い枯葉に埋もれ、散策用の小道は山道のような風情を漂わせている。どうやらここには誰も足を延ばさないらしい。アーネンエルベの研究員らにとって、気晴らしをするなら古い屋敷の近くをぶらつくほうがいいのだろう。トリスタンはふと振り返った。木々の合間からエントランスの列柱が見え、その上のバルコニーではフランス窓が開いている。その向こうではエリカが身支度をしている真っ最中だ。

トリスタンは急に激しい欲望に駆られた。二人きりで図書室にいたあのひとときは途中で邪魔が入り、あっけなく幕引きとなってしまった。きっとエリカも恨めしく思っているはずだ。あるいは、まだ自分の過去が気になっているのかもしれない……。トリスタンは前を向き、周囲の音に耳を澄ました。茂みからはなおも無数のざわめきが聞こえてくる。知らぬ間に後をつけられていたら、気づかなくてもおかしくないような状況だ。改めて誰もいないことを確認すると、トリスタンは道を外れ、木々のあいだを斜めに突っ切った。

草むらの中に紛れることができても、警戒は緩めなかった。先ほどエリカからいろいろ探られたせいもある。今日はいつも以上に慎重に行動した。

庭園は、外から覗かれることのないように塀がめぐらされていた。トリスタンは塀に沿って十メートルほど歩き、施錠された木戸の前で立ち止まった。錠は最近油を差したばかりらしい。おそらく、保安係が手入れをしたのだろう。いずれにしろ、錠前破りの腕には抗えず、扉はあっさりと開いた。トリスタンはすばやく表に出ると、慎重に施錠して、敷地と並行する舗道を進んだ。そこを抜けると灰色の家並みが続いた。何軒か通り過ぎたところで道を曲がり、中央広場に向かう。この時間の広場はひっそりとしていた。早朝のミサが終わったところらしく、教会から信徒たちがぱらぱらと出てくる。彼らがいなくなるのを待ってトリスタンは教会に入った。

教会の中は香《こう》の匂いが漂っていた。祭壇の近くで、聖歌隊の子どもの一人がカズラ（注7）をたたんでいる。トリスタンは子どもがカズラを持って聖具室に行くのを見計らって、告解室のある礼拝堂の中に入った。灰色のステンドグラスから射しこむ弱々しい光が、掃除のされていない床をぼんやり照らしている。ナチズムが教会を圧迫していることは間違いない。ナチスが政権を握ってからは、カトリック信者たちは教会内でも慎重にならざるを得ないのだろう。ヒムラーの演説でも、カトリックはたびたび槍玉に挙げられていた。ユダヤ人の次に迫害を受けるのはカトリック信者ではないかと、多くの人間が考えている。

告解室の中に入ると、トリスタンは木のベンチに腰かけ、扉を閉めて、仕切りの細かな格子の小窓に顔を寄せた。

「神父さま、懺悔《ざんげ》します。わたしは罪を犯しました。聖書に書かれているとおりです」

儀式に則さない文言に、仕切りの向こうの人影が驚いた様子で応じた。

「息子よ、われわれはみな罪人です」

「〈イザヤ書〉にもあります。誰よりも罪深い者がいるのです」

「おやおや、それは〈イザヤ書〉の何章でしょうか？」

「三十三章十一節（注8）です」

仕切りの反対側から安堵の吐息が漏れた。

「同志よ、あなたでしたか！」

「時間があまりありません。伝言をお願いできますか？」

「短いメッセージ文であれば、仲間がすぐに手配します。その日のうちにスイスの公共ラジオ放送で流れます」

トリスタンは時計を見た。エリカが捜しに来る前に戻らなければいけない。

「メッセージの長さの限度は？」

「二十語ほどでお願いします。それ以上は無理です。中立国のラジオ放送は常に傍受されていますから。目立つようなことがあってはいけません」

トリスタンは口にこそしなかったが、ドイツ側に傍受されることを心配するより、情報の伝達ルートの全容を知っている神父の身に危険が及びはしないかと案じた。

「そのスイスに向かうご友人とはどのようにやり取りをするのですか？」

「彼と接触することは決してありません。教会の入口に置いてある献金箱の中に伝言を忍ばせておきます。献金箱は片づけずにずっと出してあります。どのみち、献金する人はもういませんが……」

「伝言はあなたが書くのですか？」

「ちゃんと筆跡を変えますので」神父が請けあった。

「わかりました。メモするものはありますか？」

「手帳をいつも持ち歩いています」

「では、お願いします。《ミノタウロスの棲み処は十字架の道ならぬ剣の道だ》」

トリスタンが告解室から出ると、神父も姿を現した。痩せこけて背中は曲がり、スータンにほとんど埋もれかかっているように見える。神父は伝言を書き取った紙を示した。

「すぐに献金箱に入れてきます。このまま持っているわけにはいきませんので」

聖具室から先ほどの聖歌隊の子どもが出てきた。典礼の服を脱ぎ、ヒトラー青少年団《ヒトラーユーゲント》の制服を得意げに着ていた。左腕に鉤十字の腕章を巻いている。

「もう帰ってよろしい、アドリアン。十一時までミサはないから」神父が言った。

しかし、子どもはその場を動こうとせず、トリスタンの胸の鉄十字勲章に目を輝かせていた。

「東部戦線で受けたのですか？」

トリスタンは頷いた。

「僕は十七歳になったらすぐに親衛隊に志願して、共産主義者を殺すんです」

そう言うと、子どもは銃を構えて乱射する真似をした。神父がため息をついた。

「アドリアン、教会でそのようなことを言ってはなりません。前にも注意したと思うが。隣人を殺害しようとする者は、キリスト教徒にはなれませんよ」

子どもはびっくりしたように神父を見た。

「なぜですか？　ユダヤ人も共産主義者も人間じゃないのに？」

神父が答えようとするのをトリスタンは遮った。

「励ましてくださり、ありがとうございます、神父さま。大きな救いとなりました。これで前線に戻れます。最後に祝福をお与えください」

はっと思い出したように神父が中指をトリスタンの額に置いた。神父はろくに爪も切っていないようだった。トリスタンが帰りかけたとき、子どもの「ハイル・ヒトラー」という声が教会の天井の下で響いた。トリスタンは踵を鳴らしてそれに応じた。

入口の扉の手前で、トリスタンは後ろを振り返った。

黒いスータンをまとった神父が、血のように赤い腕章をつけた子どものそばに立っている。トリスタンは嫌な予感がした。

あの子どもにはこの場にいてほしくなかった。

一八

一九四一年十一月
ロンドン塔

冷たい雨がテムズ川沿いにそびえ立つ陰気な要塞に絶え間なく降り注いでいた。この無気味な建造物に英国王室の黒い歴史を思い起こさないロンドン市民はいないだろう。何百年も昔から監獄として使用され、拷問や裁きの場ともなり、反逆罪に問われた大勢の人々がここで絞首刑や斬首刑に処せられてきた。時の国王や女王の不興を買い、濡れ衣を着せられ処刑されるという憂き目を見た者も少なくない。プランタジネット朝、ヨーク朝、ランカスター朝、テューダー朝、スチュアート朝、サクス・コバーグ・ゴータ朝……多くの王朝の治世下で、この城砦は都合のいいように濫用されていた。その用途も多岐にわたる。しかし、現在のウィンザー朝に限っては、かつての王朝ほどこの恐ろしげな建物に執心してはいないらしい。目下、ここに収監されているのは空から降ってきたドイツ人、ルドルフ・ヘスだけである。首相直々の命令でここに幽閉されているのだ。

西側の建物の三階にある事務室では、マローリー、クロウリー、刑務所所長の三人がホットココアを前に話していた。

「ヘスの健康状態はいかがですか？」マローリーが尋ねた。

「すこぶる良好ですよ。食事は全部平らげ、毎日一時間ほど庭を散歩しています。ですが、ＭＩ５の職員たちは何も聞き出せていないようです。ヘスは独房では読書をするか、たまに看守たちと話をするかです。ただ……」

「ただ？」

「ときどき、何か声が聞こえるらしく、その……奇行に走ることがあります」

マローリーは無表情を装っていた。とにかく、今はヘスとの面談に集中しなければならない。だが、実はずっと興奮していた。オフィスを出る直前にスイスのラジオ局経由でトリスタンのメッセージをキャッチしたのだ。いよいよ、第二ラウンドが始まる……。

新たなスワスティカの争奪戦に突入するのだ。

隣に座るクロウリーは、黙ったままひたすら手帳にメモを取っていた。この日はいつものトーガではなく栗色の背広を着こみ、胸ポケットからはスミレ色の絹のチーフを覗かせている。

所長は眼鏡を拭いたハンカチを丁寧にたたんでから、言葉を継いだ。

「たとえば、ヘスは昆虫を所望して、それを食べるのです。これぞ生命力の源だなどと言って」

「それは、それは！　紛れもないレンフィールドではありませんか」アレイスター・クロウリーが評した。

「レン……フィールド？　行動障害か何かですか？」所長が尋ねた。

「ほら、あの『ドラキュラ』ですよ。そこに詳述されています。レンフィールドはドラキュラ伯爵の下僕となった男です。蠅や蜘蛛を捕まえて食べては、食べたものの命が自分の生命力になると信じているのです。おや、ひょっとして、おたくはあの傑作をまだ読んでいない？」

「いいえ、読んだことはあります。ずいぶん前に。悪くない小説ですが、わたしはどうも……」

「小説？　冗談じゃない。あれは著者が独自に調べ上げたヴァンパイアについての記録文学です。著者のブラム・ストーカーのことならよく知っていますよ。彼は秘密結社〈黄金の夜明け団〉のメンバーでした。ちなみに、わたしはそこの重鎮の一人だったのです。とにかくストーカーは事実を書いています。まあ、十字架のパワー云々というくだりは別ですがね、あとは作り話などではない。このわたしが言うのだから本当ですよ」

　所長は眉間に皺を寄せた。

「ええと、あなたは確か……」

即座にマローリーが立ち上がり、クロウリーを制した。

「こちらはケネス・アンガー博士。行動学の専門家です。申し訳ありませんが、急いでいますので……」

所長はマローリーが差し出した書類を再度確認してから言った。

「電話をしてきてもよろしいでしょうか？　確認したいことがありますので。廊下でお待ちください」

マローリーとクロウリーは事務室を出て、陰気臭い廊下で待った。

「さっきのような真似は二度とご免です」マローリーがたしなめた。「ふざけている場合ではありません」

「わたしはおおいに真面目だぞ」

しばらくすると所長が戻ってきて、看守に合図した。

「三号房にご案内するように」

所長は書類をマローリーに返し、挨拶をしてから、詮索するようにクロウリーを見た。

「どうも以前にお見かけしたことがあるような気がします……。ほかにも取調べに立ち会われたことがありますか？　わたしは戦前、別の刑務所で所長を務めていたのですが、博士にはそこでお会いしていたかもしれません」

「人違いでしょう」すかさずマローリーは遮り、「このたびはご協力に感謝します」と言い添えた。そして、クロウリーを促し、そそくさと看守に従った。

狭い階段を下り、じめっとした通路を進むと、リブ・ヴォールト天井の八角形の広間に出た。木のドアが七つあり、どれも緑色に塗られている。

看守がそのうちの一つの鍵穴に大きな鍵を差しこんだ。ドアが軋む無気味な音が内部に反響する。中に入ると、黴の強烈な臭いが鼻を突いた。独房そのものは十二世紀から何も変わっていないらしい。黒ずんだ石の壁に石の床。壁に大雑把に穿たれた孔が窓の代わりで、頑丈な鉄格子が嵌めこまれている。いかにも昔の独房といった造りだが、ベッドや、黄みを帯びた光を放つ電球や、移民街のあばら屋にありそうな便器など、行政の手が多少は入っているらしく、近代的な面も見られる。

マローリーとクロウリーは独房の中央で立ち止まった。ルドルフ・ヘスはベッドに腰かけていたが、毛布の上に本を置き、驚いたように二人を見上げた。その薄い水色の瞳と黒々とした眉の強烈なコントラストにマローリーは目を奪われた。痩せていて、新聞に載っていた写真に比べると十歳以上も老けて見える。ヘスはミミズクのように目をしばたいた。

「お目にかかれて光栄です、ヘス副総統」

「MI5か？　それともMI6か？　といってもなんの略語かわからんがね」

「そのどちらでもありません。われわれはウィンストン・チャーチル首相直属の者です」

　ぱっとヘスの顔が輝いた。

「そうか、助かったよ！　諜報機関の馬鹿どもでは話にならん。この恐ろしい場所からわたしを連れ出しに来てくれたのだろう？　待っていたよ。知っているかね。ここでは怪奇現象が起きるんだ」

「そのようですね」マローリーが言った。「実は、いくつかあなたに教えていただきたいことが……」

　いきなりヘスが弾かれたように立ち上がった。

「知るか、この野郎《フィック・ディッヒ》！」

　顔を真っ赤にし、軽蔑の表情を浮かべている。

「また取調べか！　低能なイギリス人どもが。わたしは幾多の危険を乗り越えて、この国に和平をもたらそうとした。それなのに、ひどい目に遭わされている。この国では公使はこんな扱いを受けるのかね」

「聞いてください。アドルフ・ヒトラーはあなたのことを突き放して……」

「フューラーのお心が貴様などにわかってたまるか！　ほっといてくれ。わたしを解放してチャーチルに会わせない限り、貴様らの愚かしい質問には一切答えない」

「そう、その件に関することなのです。最初に首相にお会いになったとき、あなたはチベットと南仏で発見された不思議なスワスティカについて仄めかしていたそうですが……」

「わたしは何も言わないぞ。出ていけ」

ヘスは傲然と腕を組んだ。すると、クロウリーがマローリーのそばに寄って耳打ちした。

「ここは任せろ」

クロウリーはヘスに近づいた。

「ルドルフ、憶えているかね？　アレイスター・クロウリーだ。ベルリンのハヌッセン宅の晩餐会で会っただろう？　バルドルとの関係を取り持ってやったではないか。光の神のバルドルと……」

ヘスはクロウリーを頭のてっぺんから足の爪先までじろじろ見て答えた。

「ああ……憶えているよ。イギリスの魔術師だな。だが、わたしの記憶とはかけ離れている。ずいぶん太ったな。健康に悪いぞ」

クロウリーはヘスの両肩を摑んだ。

「外見は問題ではない。大事なのは魂だ。それくらいわかるだろう。われわれは霊的な世界をわかり合える者同士だ。ところで、バルドルは元気かね？」

「バルドルは怒っている。こんなひどい牢獄に閉じこめられてからは、話しかけてこない。ここには苦しんでいる霊たちがさまよっていて、バルドルの出現を妨げるのだ」

「どんな霊がいる？」

「ここは数々の恐ろしい事件が繰り広げられた場所だ。高貴な身分の人間が幽閉され、処刑されてきた。この胸糞悪い独房にはヘンリー八世の王妃、アン・ブーリンとキャサリン・ハワードが閉じこめられていた。二人とも国王に首をはねられたんだぞ！　夜な夜な二人の呻き声が聞こえるんだ。だから、わたしは虫を食べることにした。二人は虫を嫌がるからな。虫さえ頬張っていれば、向こうは何も手出ししない」

ヘスは話を中断して、用心するようにマローリーを見た。

「あそこにいる男にはユダヤ人の血が流れていないだろうな。いずれにしろ、あいつにスワスティカのことを話すつもりはない」

「彼は純粋なアーリア人だ。安心しろ、ルドルフ。わたしがここに来たのは、あんたを助けるためだ」

クロウリーはヘスの肩を叩いた。

「催眠術をかけてみるか？　ハヌッセンの家でやったように。バルドルと直接対話ができるぞ。幽霊たちはわたしには手出しができない。魔除けを持っているからな」

「わたしのためにそうしてくれるというのか？」

「もちろんだ。われわれは友人同士ではないか？　さあ、壁にもたれて、楽にするんだ」

一九

一九四一年十一月
ヴェヴェルスブルク城

村の居酒屋では、住民たちがシュナップス（注9）を小さいグラスでちびちびやりながら、トランプゲームに興じていた。この村でヒムラーはヴェヴェルスブルク城を改修し、親衛隊の神聖なる拠点に仕立てようとしているが、おそらく村の中を歩くことなどないに決まっている。住民を見かけたこともないだろう。ここに長身、碧眼のアーリア人はいない。いるのは、畑仕事で日焼けした顔にごわごわした黒い髭を蓄え、煤《すす》色の目を持つ、がっちりとした体軀の農民たちだ。ナチスのプロパガンダが喧伝する北方系の優等人種のイメージとはかけ離れたドイツ人たちだ。その近くの席で、トリスタンは住民たちの会話に注意深く耳を傾けていた。クレタ島で実施した調査の報告書にエリカがもう一度目を通しておきたいと言うので、この店に入ったのだが、トリスタンの発案で二人とも私服に着替えていたため、人目を引くことはなかった。傍《はた》からはセールスマンの夫婦か何かのように思われているに違いない。おまけに、トリスタンはかなり前から口をぽかんと開けたまま目をつむっていたので、眠っているかに見えた。衆人環視のなか、鼾《いびき》をかいている人間が警戒されることはないはずだ。

「従兄弟がさ、夜になると変な音が聞こえるって言うんだよね。もっとも、清掃係の女たちは塔に行きたがっているらしい」一人がそう話す。

「おかしなことを言うね、おまえさんの従兄弟は。誰も塔の中には入れっこない。そこら中で親衛隊が見張りに立っているんだ」

「何か理由でもあるのかい？」

「フューラーの墓があるのさ。死んだらそこに安置するんだと。とりあえず今は……」

そこまで言うと、男は声を潜めた。

「フューラーの寿命を延ばすために、祭祀や儀式をやっているって噂だ」

「おい、気をつけろ。どこで誰が聞いているか知れたもんじゃないぞ」

即座に会話が中断された。あとは一定の間隔を置いてテーブルに叩きつけられるカードの音しか聞こえない。そろそろ目を開けてもよかったのだが、トリスタンはエリカに起こされるまで待った。

「よく寝ていたみたいね」

「ああ、すっかり眠ってしまった。夢にきみが出てきたよ」トリスタンは答えた。

ヒムラーの新たなキャメロット城(注10)までは細い網目のような小路が続いていた。修復された城壁が鈍色《にびいろ》の空に溶けこんでいる。城の入口が近づいてきたとき、トリスタンはエリカに尋ねた。

「さっきの居酒屋で客たちは何を話していたんだい？」

「さあね。報告書に集中していたから、気にしていなかったわ。どうして？　気になるの？」

「ただの好奇心さ。話が盛り上がっていたみたいだからね。ところで今日の予定は？」

「ワルデンベルク教授と会う約束をしているの。古武器が専門の中世研究家よ。でも、その前にスワスティカが保管されている部屋に行きましょう」

それを聞いて、トリスタンはいきなり足を止めた。エリカが驚いた顔をする。

「モンセギュールで自分が救ったレリックを拝んでみたいと思わない？」

「それは見たいさ。でも、ご法度だと思っていたから」

「ヒムラー長官からのお達しよ」

セキュリティチェックを受けながら、トリスタンは居酒屋で聞いた会話を思い出していた。今や禁断の園となっている城だから、住民があれこれ空想をめぐらしてしまうのも、当然と言えば当然のことだろう。とりわけヒムラーが個人で所有する城と聞けば、どんな奇天烈な妄想が生まれてもおかしくはない。なにしろ、ヒムラーは秘かに異教の神々に傾倒し、憑かれたように魔術書を収集しているそうだから。しかし、魔術がらみの祭祀や儀式がおこなわれているという噂は初耳だった。それも、ヒトラーの寿命を延ばすためだとは……。その噂の根拠はなんなのか？　ヒムラーといかれた連中は、スワスティカを使って何かしているのだろうか？

二人は、ＳＳルーンが染め抜かれた黒い垂れ幕の下がる中庭を抜け、塔に向かう螺旋階段を上った。

「ここには来たことがあるのか？」

踊り場に面したドアの前で足を止めたエリカにトリスタンは尋ねた。

「あるわ。モンセギュールから戻ってきたあと、ヒムラー長官からスワスティカの間に案内されたの」

警備の士官がドアを開け、エリカに一礼してから、狭い石の通路を手で示した。エリカは一言もなく通路を進んだ。トリスタンがあとに続くと、背後でドアが閉まった。

「もっと見張りがいるかと思ったら……」

「静かに」

そこは石造りの円形の部屋だった。床に埋めこまれたスポットライトが一つ、二つ、三つ、四つ……と点灯する。丸天井に向けてまっすぐ光が放たれ、部屋中が照らし出される。壁にはスワスティカの形にくり抜かれた四つの窪みがあった。それぞれが東西南北に向けて配置されているようだ。

「東にあるのは、チベットで回収されたスワスティカ。そして、南がモンセギュールで見つけたもの」エリカが説明する。

トリスタンは一つ一つ見て回った。どちらも同じもののようだが、片方には茶色の大きな染みが点々とついている。突然、トリスタンは無数の神々に生贄を捧げる場に来てしまったような印象を覚えた。見上げると、丸天井に開口部がある。

「この上には何が？」

「中世の時代、ここは独房だったの。今通ってきた通路も当時はなくて、あの開口部から囚人を下ろしていたそうよ」

「それで、今は、この上には何がある？」トリスタンは重ねて尋ねた。

「フューラーの部屋よ」

二人は通路を戻って、上の階に向かった。
トリスタンには気になっていることがあった。しばらく前から、ヒムラーが声高に主張していることがある。
《われわれは千年帝国を建設する》
しかも、その発言を耳にする機会は日増しに増えているのだ。もし、スワスティカ探求の真の目的が、チャーチルのイギリスやスターリンのソ連に勝利するためだけではなく、不滅を、つまり、ヒトラーの不滅を手に入れることだとしたら……。しかし、それをエリカに確かめるのはやめておいた。

「ここよ」

エリカが二重扉の取っ手を回すと、目の前に広々とした部屋が開けた。壁一面が天井まで本で埋め尽くされている。窓から日よけを通して弱々しい光が射しこみ、部屋は仄暗かった。床は寄木張りで、艶出しのオーク材の細長い机が並び、どの机も本が山積みにされている。机には一つ一つ名前を記した銅のプレートが置かれ、おしなべて教授の肩書が冠されていた。

「城内で親衛隊の幹部養成研修を担当する講師陣よ」

「あれ？　博士《ドクトル》とは呼ばないのかい？」

「大学ではそうだけれど、こちらの講師の中には学位を持っていない人もいるのよ。誰のプライドも傷つかないように、全員が教授《プロフェッソア》と呼ばれている。ヒムラー長官は、異端とまでは言わないまでも、傍流の思想を持った講師も採用しているの」

二人はある机のそばを通りかかった。その机には本の山はなく、さまざまな種類の地球儀が並んでいる。トリスタンは机に近づいた。昔の地球儀には以前から関心があった。とりわけ当時の人類未踏の地に〝terra incognita《テラ・インコグニタ》（未知の地）〟と神秘的な表記がされていたりすると、思わずときめいてしまうほどなのだ。

「こちらはヘルビガー教授の机。地球儀にご執心で、発想が奇抜で楽しいかたよ。教授の説では、地球は巨大な空洞であって、人間はその内側で暮らしているらしいわ。果物で言えば、殻の中に住んでいるってことね」

「本気かい？」

「大真面目よ。それから、わたしたちが見ている空は無限ではないそうよ。果物の殻の内側のようなものだと」

「じゃあ、星は？」

「光の屈折による単なる目の錯覚ですって」

　トリスタンは返す言葉もなかった。

「でも、ヘルビガー教授は、人間が住むこの果物は、光の海の中に浸っているのではないかとも考えているの。その場合、瞬く星は、殻の薄くなっている部分、あるいは孔が開いたところを通過する光に過ぎないというわけね」

「そのヘルビガー教授は、今の時代に生きていて幸運だったたね。中世だったら即、火あぶりの刑だろう。でも、ヒムラー長官がそんな荒唐無稽なことに興味があるとはとうてい思えないな」

「長官はその理論を軍事利用できないか、その一点に着目しているのよ。想像してみて。

頭上に内壁——殻とか膜でもいいんだけれど、そういうものが実際にあったとしましょう。そこにひじょうに強力な光線を当てれば、跳ね返るわね。だから、照射角度を割り出せば、今は戦闘機の射程圏外のところでも、いずれ攻撃できるようになる。地球上のどの地点でも」

「アメリカが考えそうなことだな」トリスタンは話を理解して、思わず唸った。「けれど、それにはとてつもなく高エネルギーのビームが要るんじゃないか」

「そうね。でも間もなく四つのスワスティカが揃うわ」

二人はいつしか図書室の中央まで来ていた。すでに講師陣の机は消え、そこには教会から強奪してきたと思われる石の祭壇があった。平らな石の上では、黒い木製の書見台がピラミッド状のガラスケースに納まっている。

「ハインリッヒ・ヒムラーの個人コレクションよ」エリカが言った。

「ロマネスク様式の祭壇にバロック様式の書見台を組み合わせるなんて、ヒムラー長官の趣味のよさがうかがえるよ」

「もっとそばに来て見るといいわ」

書見台の上に本が一冊置かれていた。赤い革表紙にゴシック文字でタイトルが型押しされている。本の小口を確かめると、ページのサイズがばらばらである。つまり、印刷本ではない。昔の手稿だろう。

「これが『トゥーレ・ボレアリスの書』よ」

トリスタンはぎくりとした。こいつのせいだ。この本のせいで、ヴァイストルト大佐にスペインで拉致され、死んだことにされ、モンセギュールでの危険な探索に引きずりこまれたのだ。

「実際にどんなことが書かれているか教えてくれないか？　俺が知っているのはこの本が十三世紀末に書かれたということだけなんだ」

「アーネンエルベの専門家が徹底的に調べたわ。おそらく修道院の写本室で修道士によって書かれたものだろうって。羊皮紙と書体を分析してわかったらしいの」

「ヨーロッパのどの辺りかはわかるかな？」

「同時代の手稿と比較したところ、ドイツ南部で発行されたものではないかって」

「修道院が多い地方とか？」

「そうとは限らないわ。でも、この文章を書いた人物は歴史や地理に造詣が深い。この人物の教養は、その時代の修道士の教養とはまったく異なるの。おかげで調査が難航している」

トリスタンは驚いた仕草をしてみせた。

「書いたのは修道士ではなくて、一時的に修道院に滞在していた旅人だったのかもしれないわね」エリカが仄めかした。

「でも、どうしてそんな手稿がここにあるんだ？」

「ヴァイストルト大佐がユダヤ人の経営する書店で手に入れたのよ」

トリスタンは、どうやって手に入れたのかはあえて尋ねなかった。強引なヴァイストルトのことだ。金も払わずに強奪したに決まっている。

「閲覧はできるのかな？」

エリカがガラスのピラミッドの上の錠を指した。

「鍵を持っているのはヒムラー長官だけよ」

「きみは内容を知っているのか？」

「ええ。理想郷に住む民族極北人《ヒュペルボレオイ》の歴史について書かれているわ。気候変動の影響で、彼らは四つの集団に分かれて、ほかの地へ移住した。その際、四つあったスワスティカをそれぞれの集団が持ち去った。本には、分散した四つのスワスティカの在りかの手がかりが記されているの」

「クノッソス以外の場所だね。あそこには何もなかった」

「あったでしょう、剣が」

そう言うと、エリカはランプの灯る図書室の奥のほうを向いた。

「わたしたちに手を貸してくれる人がいるわ」

二〇

一九四一年十一月
ロンドン塔

あのヘスが子どものようにおとなしく、相手の言いなりになっている――。マローリーは信じられない思いで見ていた。

クロウリーは上着から小さな赤いプリズムを取り出すと、ハンカチで拭い、天井の黄色い電球の光に反射させてみせた。

「サイトラックのルビー……。ラッシュプールの藩王《マハーラージャ》からもらったものだ。これがあれば、あっけなく催眠に入ってしまう」

マローリーはクロウリーの弁に釈然としなかったが、ヘスはすぐに催眠状態に入ったようだ。どうやらルビーの力は本物らしい。クロウリーはルビーをヘスの目の高さに合わせて、振り子のように動かした。

「このルビーを見よ。そして、わたしの声に耳を澄ませ。わたしの声だけを聞くのだ。恐れることはない。サイトラックの光が限りない安らぎをもたらす。呼吸が落ち着き、脈が整う。ゆっくりと息を吸って、吐いて。そう、ゆっくりとだ。今からわれわれは遠いところに向かう。ここからとても遠い場所だ。ドイツのベルリンにある、あんたの懐かしい家だ」

ヘスはくつろいできたようだった。

「さあ、中に入って、すぐに居間に向かいなさい。部屋は気持ちよく温められている。暖かすぎるくらいだよ。あんたの帰りを待っていたんだ。よし、そこにある椅子に座るぞ。そうだ。そこから何が見える？」

「庭。花が咲いている」

「どんな花かな？」

「赤いバラの花。とても美しい。妻のイルゼが丹精込めて咲かせた」

「よろしい……。そこでバラを眺めて待っていなさい。バルドルを呼んでこよう」

クロウリーは立ち上がり、マローリーに近づいた。

「今、ヘスは深い催眠状態にある。車の中でおたくが言っていたスワスティカや本について、これから話をさせるが……。なんという本だったかな？」

「『トゥーレ・ボレアリスの書』です」

「前回のベルリンのときに起きたことを踏まえても、結果がどう転ぶかはわからんぞ。思うような結果は得られないかもしれない」

「構いません。このあと、ヘスは改めてMI5の監督下に置かれます。なんらかの副次的な影響が出たとしても、彼らがうまく処理してくれるでしょう」

「まあ、そういうのはおたくらに任せるよ」

クロウリーはヘスに向きなおり、隣に腰かけた。ヘスは考えられないほどおとなしくしている。

「バルドルだ」クロウリーが奇妙な節回しで囁いた。「わたしのことがわかるか？」

ヘスは嬉々とした表情を浮かべた。

「やっといらしてくださったのですね！　わたしはとてつもなく恐ろしい夢を見ておりました。監獄に閉じこめられていたのです。ロンドンにある塔の中に。なぜわたしはそんなところに閉じこめられていたのでしょう。とにかく、そこでは首から上のない女たちがこちらをじっと見ているのです」

「悪い夢を見ていたのだ。だが、もう大丈夫だ。わたしはおまえの助けを必要としている。わたしに手を貸してはくれまいか？」

「もちろんお助けいたします。ですが、わたくしは大至急フューラーに会わねばなりません。ゲーリングらネズミどもが、フューラーにイギリス本土上陸作戦を決行させようとしておるのです。フューラーをそのような過ちに走らせないように、なんとしてもわたくしが阻止せねば。わたくしどもはまだ無敵とは言えないのです。あの神聖なるスワスティカがすべて揃ったわけではありませんから」

「そう、おまえの助けを借りたいのはその点なのだ。チベットで発見されたスワスティカがどこにあるのかを知りたい」

ヘスの顔に緊張が走った。

「ヒムラーの城にございます。すべてのスワスティカをそちらに集結させることになっておるのです。ヒムラーはさまざまなことに通じており、わたくしの唯一の味方の幹部であります。フューラーの説得に力を貸してくれるはずです」

「ヒムラーの城とはどこであったか?」

「ヴェヴェルスブルク城……。黒い……騎士団の聖堂。霊力に満ちた場所でございます。しかしながら、ご存じのはずでは。確かご報告いたしましたが」

「そのとおりだ。念のために訊いたまでだ……。例の『トゥーレ・ボレアリスの書』もそこにあるのだな?」

「はい、図書室にございます。中を確認しましたが、危険な書物です」

「ルディよ、互いに手を取りあい、この家を出て、いざ向かおう。思い出せるな? その場所が……。よし、着いたぞ。ヴェヴェルスブルク城だ。見えるか?」

「はい……。いたるところに松明が……。もう夜です。ヒムラーがいます。書見台に置いた『トゥーレ・ボレアリスの書』を見せてくれました。赤い表紙にわが党のシンボルがあります」

「本を開きなさい」

「火あぶりにされている……魔女を描いたページがあります。端書きがありました。それによりますと……この書を読むに値せざる者もまた、火刑に処されるであろう。悪魔の絵もあります……。ああ、もう……見えない。真っ暗になってしまいました」

　ヘスは顔を引きつらせ、ベッドの上で体をよじった。息遣いも荒くなっている。独房は冷えこんでいたが、玉の汗をかいている。

「その先を読むのだ。わたしがおまえを守ってやる」

「もう……もう……無理です。悪魔が、悪魔が本から出てきてしまいました。闇で何か囁いています。ああ、やめろ……。やめてくれ！」

　クロウリーはマローリーのほうを見た。

「中止したほうがいい」

「そのまま続けて！　三つ目のスワスティカがどこにあるのか訊いてください」

「しかたないな」

　クロウリーはヘスのほうを向いた。

「ルドルフ、本に目を通せ。大丈夫だ。ヴァルハラの神の力を前にした悪魔など無力だ」

「もうできません。ヒムラーが本をしまっています」

「どこに?」

「魔女……魔女が邪魔をします。ああ、駄目だ。悪魔がこっちを見た」

「どんな魔女だ?」

突然、ヘスが叫び声を上げた。一気に全身が硬直し、目を剝いている。

「悪魔に喰われる! 助けてくれ!」

独房のドアが荒々しく開き、看守が警棒を振りかざして入ってきた。

「おい! 何をしているんだ!」

マローリーがヘスをベッドに押しつけ、クロウリーは恐怖で見開いたヘスの目の上でルビーを振り子のように振った。

「目を覚ませ」クロウリーが大声で言い聞かせる。「悪魔は追い払ったぞ。おまえはもう大丈夫だ」

「ああ、やめろ! 悪魔がわたしの中に入ってくる!」

ヘスはさらに激しく絶叫した。口からは涎《よだれ》が垂れている。

「癲癇《てんかん》の発作らしい。医者を呼んでくれ!」クロウリーが怒鳴った。

看守はベッドを覗きこんで声を上げた。

「おお、神よ……」

「医者のついでに神さまの助けも呼んでおいてくれよ」クロウリーは蔑むように呟いた。

時を置かず、二人の看守に続いて所長がやって来た。入ってくるなり、所長はクロウリーを睨みつけた。

「そうか、思い出したぞ。おまえとはリーズの刑務所で会っている。おまえはそこで服役していた。風紀紊乱《びんらん》罪で有罪判決を受けてな。おまけに、厚かましくも刑務所内で猥褻本の取引までしていただろう！　警察を呼ばれないうちにとっととうせろ！」

二一

一九〇八年十月
ハイリゲンクロイツ修道院

修道院の正面玄関へと続く石畳の上には、初雪がうっすらと積もっている。アドルフは木にもたれながら、月明りに輝くタマネギのような形の鐘楼の屋根を眺めた。修道院に入る道の両側には田園が広がり、その一方が小高い丘へと続いている。丘の頂には塔が建っているが、あれはたぶん監視塔だろう。

まあ、たいして用はなさなかったんだろうな、とアドルフは独りごちた。

一六八三年、ハイリゲンクロイツ修道院がオスマントルコ軍の略奪に遭い、火を放たれたことは、ここオーストリアでは誰もが知るところである。この一六八三年という年は、ウィーンがイスラム教一色に染まるのを免れた年(注11)として、歴史に刻まれている。もしウィーンが陥落していたら、おそらくヨーロッパ全土が同じ運命をたどっていたことだろう。

アドルフは上着の襟を立てると、かじかんだ手にほぉっと息を吹きかけた。ここに来たのはほかでもない、ランツからの伝言を受け取ったからだ。

《日没後、修道院前で待たれ》

けれども、自分がこの場所に来る意義をまだ見出せないでいる……。伝言を受け取ったあと、アドルフは帝国図書館で〈オースタラ〉の全号をもう一度注意深く読み返してみた。ランツの思想にはおおむね賛同できるものの、一つだけどうにも解せないことがある。

〝アーリア人を復活させ、その優位性を知らしめる〟――そんなこと、本気で可能だと思っているのだろうか？　アドルフは肩をすくめた。ウィーンを小一時間も歩いてみればよくわかる。いかにこの町が多種多様な人種であふれているかが。それに、この町に住む人々の関心事といえば、車や電話といった最新技術を駆使した新製品を手に入れることだけだ。ランツの主張に反応するのは、せいぜい社会の底辺に位置するような人間くらいだろう。まさに自分のような。

「ヒトラーさん？」

ランタンを手にヴァイストルトが現れた。

入口の大きな鉄の門扉は閉ざされている。

「脇に通用口があります。そこから入りましょう」

二人は、雪化粧した中庭を足早に突っ切ると、教会のある左のほうへ折れた。ステンドグラスが明るく輝いており、修道士に祈りの時間を告げる澄んだ鐘の音《ね》が聞こえてくる。

「どこに行こうとしているのです？」

なぜこそこそする必要があるのか怪訝に思い、アドルフは尋ねた。

「祈りに来たわけではありませんからね」

二人は礼拝堂に沿って歩いた。この建物はほかよりも相当古いものらしい。フライングバットレス(注12)が、礼拝堂を老朽化から守るように支えている。もうずいぶん長いこと使われていないようだ。後陣を過ぎたところで、ヴァイストルトが立ち止まった。そして、ランタンをアドルフに預けると、ポケットから一本の鍵を取り出し、それを雪の上に突き立てた。

「錆びついているものですから」ヴァイストルトは説明した。「少し湿らせたほうが、扉を開けるときに大きな音を立てずに済むのです」

青白いランタンの光が、背の低い扉を照らし出した。凍てついた分厚い石壁がキラキラと輝く。ヴァイストルトが壁に深く埋めこまれるように備え付けられた扉を開ける。先にアドルフが中に入った。床の敷石は鳥の糞でびっしり覆われている。前を照らそうとヴァイストルトがランタンを掲げたとたん、鋭い羽音とともにコウモリの群れが一斉に飛び立ち、割れたステンドグラスから出ていった。辺りには黴のもわっとする臭いが澱んでいる。

「カトリック教会の香りですよ」ヴァイストルトが皮肉った。「腐りかけて、死にかけたね。緩慢なる死の臭い。かつてはシトー会修道院から何万という十字軍兵士が聖地に送りこまれたというのだから……。今となっては落ちぶれたものだ！」

ヴァイストルトの話など上の空で、アドルフは辺りをゆっくりと見回していた。床に転がった聖水盤。頭部のない彫像。壁には浮き出た硝酸塩の筋が走っている。ここ何週間も筆を握ることはなかったのに、急に絵を描きたいという欲求に駆られた。自分だったら、この場所に漂う不気味な妖気をどう描いてみせるか。おのずと手が透明な絵筆を執り、動きだす……。いや、そんなことをしても意味がない。誰も自分の絵など望んでいないではないか。美術アカデミーの入試の失敗がアドルフを利口にしていた。自分では本質的なことがやっと理解できたような気がする。美術には現実を理想に変える力はない。美術とは幻想であり、偉大な芸術家とは手品師のことなのだ。世界に彩色を施すことで、なんとか鑑賞に堪えられるようにしているだけで、偽善、ペテンに過ぎない。アドルフは悟った。現実は賛美されるべきものではない。現実は変えるべきものなのだ。そのためには、行動あるのみだ。

「やあ、来たね……」

二本の円柱のあいだにランツのシルエットがうっすらと確認できる。じっと動かず、こちらを探るように見ている。本当にアドルフかどうか確かめている様子だ。

「きみは運命の招きに応じた。だから、ここにいる」

ランツはアドルフに近づくと、崩れかけた祭壇の前の床を指さした。黒ずんだ木の板が嵌っている。

「それを持ち上げてみたまえ」

アドルフはランツの言葉に従った。板を持ち上げると、すぅっと冷気が立ち上り、黒々とした縦穴が現れた。

「ここに聖なる泉がある。その昔、まだキリストの教えが世界を席巻する前、われわれの先祖が崇めていた泉だ。ここにはケルト人の神殿が建っていた。そこへゲルマン人が移住してきて、ここはゲルマン人の神殿となった。ところが、ゲルマン人はカトリックの僧侶らに取りこまれ、改宗させられてしまった。かつては大地の力と効験を称えていたこの場所で、彼らは十字架上の神の前でひれ伏さねばならなくなったのだ。頰を打たれたら、反対側の頰を差し出すような神の前でね」

ランツの声はいっそう熱を帯び、堂内に響き渡った。

「だが、失われたものは何一つない。やがて、すべてが再び現れる。きみはテンプル騎士団について聞いたことがあるかね？」

「エルサレム《聖地》へ向かう巡礼者の護衛をしていた騎士たちのことですか？」

「いかにも。はじめ、彼らはほんの一握りの集団でしかなかった。それが地上の〝神の軍団〟となり、異教徒を撃退するため、あらゆる場所で戦った。黒海からナイル川流域、スペインからエルサレムまで。その勢力は凄まじく、敵からは恐れられ、同胞からも畏れられた」

ランツは細縁の眼鏡を外すと、頭をつるりとひと撫でしてから話を続けた。

「しかし、突如テンプル騎士団を悲劇が襲った。彼らは炎と血の海の中で壊滅させられた。フランス国王と教皇によって仕組まれた冤罪事件(注13)のせいで、彼らの本来の使命は歴史の闇に葬り去られてしまったのだ」

　アドルフは身を乗り出した。

「彼らの壮絶な最期は伝説を生んだ。図書館はテンプル騎士団の秘密を暴こうという本であふれ返っている。人々は、彼らの力を知ろうと古文書を漁り、その財宝を求めてかつての騎士領をほじくり返す。そして、伝説にのめり込み、ますます否定するようになる」

「何を否定するのです？」アドルフは訊いた。

「真実を」

　そのとき、教会の鐘が鳴りはじめた。夜の祈禱が終わったのだ。修道士たちが共同寝室に向かう時分だ。ヴァイストルトがランタンにさっと上着を被せる。一瞬、堂内は闇に沈んだが、高窓から射しこんでくる月の光が闇を徐々に溶かしていった。ヴァイストルトは足音を忍ばせて戸口のそばに寄り、耳を澄ました。ランツのほうは身じろぎもせず、アドルフを見据えている。

「真実を知りたいか？」

　真実？　真実なら、もうわかっている。荒々しい気性ですぐに手が出る、苦手にしていた父親。早すぎる母の死。挫折してしまった画家への道。わが才能。というよりは、才能の欠如。それが真実ではないか。唯一の……。

「……知りたいです」

自分で答えておきながら、アドルフはわが耳を疑った。今のは自分ではなく、ほかの誰かが代わりに返事をしたのではないか。思わず後ろを振り返りそうになる。すると、ランツが腕を摑んで言った。

「では来たまえ。地下聖堂《クリプト》へ行こう」


地下の世界に足を踏み入れるのは、これがはじめてだった。ぐらつくステップを踏みしめながら、アドルフは地獄へと一段一段下っていくような感覚に囚われた。それでも、下まで下りてしまうと、黒々としたヴォールト天井の下、恐れや嫌悪といった感情は微塵も湧き上がってこなかった。むしろ暗がりや静けさや重厚な石組みに、思いがけず居心地のよさを感じるほどだった。

少なくとも、ここにいる限り、誰も干渉はしてこない。地上での差別だって蔑視だって、ここは無縁だ。

自分の内面ばかりに目が向いていて、アドルフはすぐそばで何が起きているのか気づいていなかった。

ヴァイストルトがランタンを足もとに置いたときだった。アドルフはふと視線を上げ、息を呑んだ。一瞬、自分が法廷に立たされているような錯覚に陥った。目の前に、黒装束の男が六人、ランツを囲むように半円形になって立っている。

「前へいでよ」

アドルフは一歩前に踏み出し、身を固くした。男たちの顔は闇に紛れてよく見えない。逆に向こうからはこちらがよく見えているようだった。いったいその肚《はら》の中では何を考えているのか？　なぜそんなふうにこちらを見ているのだろう？　ひょっとして暗示にかけようとしているのかもしれない。何かの実験だろうか？　アドルフは口髭の下で唇を噛んだ。苛立ちを悟られまいと、床を見つめる。すると、床石の中に一際明るい色をした長い舗石があることに気がついた。なんとなく人の姿のようなものが溝彫りで刻まれているようだ。おそらく墓の一つだと思われるが、この地下聖堂《クリプト》にはこのような墓がたくさんあるに違いない。

「答えよ。汝はなぜここにいるのか？」

アドルフが答えようと口を開きかけたとき、別の声が響いた。

「見て、知るためです」

「ならば見るがいい」

そうランツが言い放つと、ヴァイストルトがその前にランタンを掲げた。瞬く間に闇が取り払われ、模様が彫られた古い石の祭壇が露わになった。

「答えよ。何故この祭壇の上には何もないのか？」

アドルフは、今度は沈黙を守った。この問答がなぞなぞ遊びのようで、ひどく子どもじみたものに感じられる。自分は決してこんなことをしに、ここまで来たわけではないのだ。

「尋ねて、学ぶためです」

「ならば学ぶがいい」

するとﾞ、今度はヴァイストルトが一冊の本を持ってきて、それを慎重に祭壇の上に置いた。アドルフは、その赤い表紙とサイズの不揃いなページに目が留まった。一瞬聖書かと思ったが、違うらしい。古い本だ。しかも相当古い。たぶん写本の類だろう。

「答えよ。何故この書は閉じられているのか？」

「惑わせ、迷わせるためです」

ランツが、黙りこくっていたアドルフに顔を向ける。

「この書を開き、真実に触れんとする者よ。隠されし真実がここに明らかになる。世界と人間の真の歴史が。知る覚悟はできているか？」

「いったいわたしは何をすればいいのでしょうか？」アドルフは、この子ども騙しのような儀式に痺れを切らして言った。

すると、ヴァイストルトがアドルフの腕をとり、祭壇の前まで連れていった。その間に、ランツを取り囲んでいた男たちが、堂の奥にあるロウソクに火を点す。祭壇周りの床にすでに舗石はなく、砂が撒かれ、光を受けてキラキラと輝いている。

「書を開きたまえ」

アドルフは表紙をめくった。最初のページは真っ白で、次のページは細かい文字がびっしりと記されている。右の余白には、一頭の馬に二人の騎士が跨がり、剣を手に突撃する様子が描かれていた。ランツが続けた。

「絵を通して語られる真実とはこうしたものだ。答えよ。この騎士たちが何を意味しているのか?」

アドルフは首を横に振った。いい加減、なぞなぞはやめにしてほしかった。

「これはテンプル騎士団の騎士である。その同志の絆を示すため、彼らは常に二人一組で表される。騎士は決して一人では戦わない。それが彼らの強みなのだ」

秘密の知識を共有しようとするかのように、六人の男たちが手を伸ばし、本の縁に触れる。

「これより交感せんとす」

ランツが命じると、男たちは瞑想に入った。

しばらく待ってから、アドルフは沈黙を破った。

「テンプル騎士団の話はもう結構ですから、どうしてわたしがここに呼ばれたのか教えてもらえませんか?」

ランツはアドルフをまじまじと見つめてから、口を開いた。

「きみも知っているだろう。有色人種が世界に勢力を拡大し、アーリア人の血は薄められ、絶滅寸前まで追いこまれた。しかし、歴史を通じてみると、どの時代においても、血が改めて声を上げる瞬間があった。中世では、テンプル騎士団の出現がまさにそうなのだ」

「よくわかりません」

「いいかね。中世の半ば、キリスト教が人々に社会秩序の遵守を強調し、罪の概念と意識を植えつけていった。そんななか、征服の精神と、生存のためには暴力も辞さないという姿勢を身をもって示していたのが、テンプル騎士団だった。彼らは、絶対服従に対するアーリア人の本能的な反骨精神そのものだ。それ故に、われわれは彼らを偲んでいるのだ」

アドルフは考えた。そうやって民衆は、踏みつけられても、打ち砕かれても、立ち上がってきた。今、ウィーンでは、国籍、人種、宗教のカオスがマグマと化して、ふつふつと滾っている。いにしえのゲルマン民族の精神を燃え立たせるような火花が、もしかしたらこの町にまだ残っているのではないだろうか？

「光をもたらせ」

男たちはロウソクを一本ずつ手に取ると、並んで光輝く三角形を形成した。その頂点は、聖堂の奥の暗がりのほうに向けられている。

「進め」

するとと、光の矢が進みだし、引割幕のような黒い布の前で止まった。見たことがある、とアドルフは思った。この光景、以前にも体験したことがあるような……。

「無知の闇が世界を覆う。われわれの運命は排除された。記憶は抜き取られ、力は奪われ……われわれは未来もなく、希望もない人間に変えられた……」

しばし沈黙が流れた。

「だが、知識は失われていない」

そう言うと、ランツは聖堂の奥を覆っている黒い幕のほうを向いた。

「真実よ、現れいでよ！」

幕が左右に分かれる。

そこに現れたのは、十字架が刻みこまれた壁だった。先端がそれぞれ垂直に折れ曲がった十字架だ。アドルフが見たこともない形だった。

「悠久の時を超え、受け継がれてきたシンボルである。古今東西を問わず、アーリア人種の証となる印。このシンボルにより、アーリア人は世界に君臨した。このシンボルにより、闇を打ち破った。このシンボルにより、世界を照らす光をもたらした」

「スワスティカに栄光あれ！」男たちが一斉に叫んだ。

「このシンボルのもと、われわれは高尚な思想を授かった。このうえなく優れた知恵を身につけた。われらが祖先の知恵である。このシンボルのもと、血は脈々と受け継がれていく。このシンボルのもと、われわれは再び勝利を手にするであろう」

「スワスティカに栄光あれ！」

アドルフはヴァイストルトのほうをこっそり盗み見た。その表情からは何も読み取れない。この青年もランツの話を真に受けているのだろうか？　優等人種を世界に君臨させ、世界を文明化させたなどと言っているが、たかがシンボル一つにそんな力があるものだろうか？　いずれにしろ、シンボルの意義は、その優れた人間たちから忘れられていたらしい。それを再び見出したのがテンプル騎士団だったと……。本当にそうなのか？

それ以上考えている間はなかった。ランツにいきなり腕を摑まれ、アドルフは壁の十字架の前まで連れていかれた。

「よく見るのだ、アドルフ・ヒトラーよ。スワスティカの霊力に浸るがよい。やがて、このシンボルが世界を支配する時が来る」

もう何日もろくに食べていないせいか、それとも、覚醒したシンボルの計り知れない力のせいか。アドルフは膝から崩れ落ちそうになり、スワスティカのほうへ手を差しのべた。ところが、スワスティカはみるみる大きくなっていき、ぐるぐると回転しはじめた。今にも辺りにあるものすべてを吞みこんでしまいそうな勢いだ。

助けて……。口を開いたときにはもう遅かった。

名状しがたい力が体を通過し、その勢いに引きずられそうになる。

次の瞬間、アドルフは床に倒れた。

二三

一九四一年十一月
ヴェヴェルスブルク城

ワルデンベルク教授が世俗を離れてから久しい。大学で教鞭を執っていた頃は、うっかり者の教授の振る舞いは学内で語り草となっていた。教室を間違えて、流体力学の講義を受けに来た学生たちが面食らうなか、滔々と中世入門講座を続けていたというへまをやらかしたときも、いかにも教授のやりそうなことだと誰もが納得したほどである。知識の大海原を自在に泳ぎ回る教授にとって、同時代を生きる人々ははるか彼方に浮かぶ米粒ほどの小さな島々に過ぎなかった。教授の生活は歴史一色だった。ともに過ごすのなら、家族より十一世紀の騎士のほうによほど安らぎを覚えるのだ。深い学識とその無謬《むびゅう》性、知性が生み出す論理性と直観力。ワルデンベルク教授はすぐにヒムラーの目に留まり、ヴェヴェルスブルク城に迎えられ、食事付きの居室をあてがわれた。今では城の外に出ることもなく、厚い城壁の中に落ち着き、ひたすら研究に打ちこんでいる。

「じゃあ、その御仁が協力してくれるというのかい?」教授の人物像を生き生きと語って聞かせるエリカに、トリスタンは驚きを隠さずに言った。

「ドイツ一、中世の軍備に詳しい専門家ですからね。ベルリンに戻ってきて、すぐに剣を教授宛てに送っておいたの。もう結論は出ているはずよ」

トリスタンはエリカのあとについて書架がずらりと並ぶなかを歩きながら、別のことを考えていた。伝言は無事ロンドンのマローリーに届いただろうか？　仲介役のあの司祭のことが心配だった。裏切りを疑っているわけではない。尋問された際に口を割らずにいられるかどうかが問題なのだ。信仰心があっても拷問に耐えられるものではない。万一、あの司祭から情報が漏れれば、敵が自分にたどりつくまでにどれくらいの時間がかかるだろう？　一日か？　二日か？　そして、自分はどれくらいの時間、苦しみに耐えられるだろうか？

「あれが教授よ」エリカが囁いた。

机の向こう側でワルデンベルク教授が煙草をくゆらしながら二人を待っていた。トリスタンは驚いた。ヒムラーがわずかな臭いにも敏感に反応するほど煙草を嫌っていることを考えると、教授はかなり優遇されているらしい。教授はトリスタンが思い描いていたイメージとかけ離れていた。黒い服を優雅に着こなし、髪は一筋の乱れもなく後ろに撫でつけられている。まるでこれから夜会にでも出かけるような出で立ちだ。ぼさぼさの頭にどんよりとした目の学者を想像していたが、実際の教授は伊達男だった。その伊達男はこちらをしげしげと観察していた。

「フォン・エスリンク博士とお見受けするが」

　エリカが頷く。机の上にはクノッソスで発見した剣が置かれていた。丁寧に汚れが取り除かれており、ロウソクのちらちら揺れる光を受けて輝いている。

「それでは、あなたがたがこの剣の発見者か」教授が言った。「驚くべき発見だよ。すぐに伝えたほうがいいから言うがね、これはクレタ島で製造されたものではない」

「金属の分析までもう終えられていたのですね？」エリカが目を丸くした。

　ワルデンベルク教授は人差し指で剣を叩いた。思いがけず、はっきりとした反響音が返ってきた。

「耳を鍛えておれば、鉄、銅、錫《すず》の比率がわかる。化学実験の結果を見るのと同じくらい正確で、しかも、もっと手っ取り早い方法だよ。中世ヨーロッパでは王国によって保有する鉱物資源が異なるから、剣の鍛造《たんぞう》にも特徴が表れるのだ」

「では、どこで作られたものかわかるのですね？」トリスタンが尋ねた。

「中世のドイツの南部、現在のミュンヘンとウィーンのあいだの地域に相当する」

「それなら、なぜこの剣がクレタ島で見つかったのですか？」エリカの声がさらに熱を帯びる。

「十字軍の時代、島は戦略上の要衝であったと同時に、交易の拠点でもあった」教授は解説した。「東方へ向かう船がこの島で物資補給をする一方で、東方から戻ってきた船が珍しい奢侈品《しゃしひん》の数々をもたらした。したがって、クレタ島には多くのヨーロッパ人が集まってきたはずだ。剣はそのうちの一人が持っていたものだろう」

「十字軍兵士ですか？」

「または、商人か、修道士か……。当時は誰もが武器を所持していた。護身用にね」

エリカが、革に包まれた柄頭《つかがしら》に手を置いた。

「言うまでもなく、剣によっては、ほかとは違う細工が施されたものもあります。そこから剣の所有者の身分を推測することもできるのではありませんか？」

「いや、この剣の柄頭には文様や装飾の類はない。簡素な戦闘用の剣だ」

「刃の部分に、図柄とかシンボルとか何かの印などが彫られてはいませんか？」

教授は静かに煙草をもみ消した。長くて節くれだった指をしている。

「手がかりを探しても無駄だ。何もない。文字も紋章も。無名の者の剣だ。所有者を突きとめることはできない」

話はそこでぷっつりと途絶えた。確かに、この教授はエリカが話していたとおりの人物だと、トリスタンは納得した。すでに教授は二人から遠いところにいた。体だけそこに残して、魂は離脱してしまっている。その口もとに浮かべた微笑みは、地平線に消えゆこうとする船が残した泡を思わせた。

「巫《かんなぎ》みたいな人だったな」図書室の中を引き返しながら、トリスタンは感想を述べた。

「ただ、あの〝巫〟は決して間違ったことは言わないわ。あの剣からは何もわからないということでしょう」

「でも、なぜ石棺《せっかん》に隠されていたのだろう？」

突然、エリカがはっとしたように立ち止まった。

「わたしたち、勘違いしていたわ」エリカは声に悔しさを滲ませた。「あの石棺は墓ではなかった。慰霊碑だったのよ。迂闊《うかつ》だったわ。なんでもっと早く気づかなかったのかしら」

「どういうこと？」

「十字軍の慣習よ。巡礼者が聖地で客死しても、遺骸が本国へ送還されることはほとんどなかった。時間も費用もかかるから。だから、死亡通知を受けた遺族は、故人を偲んで遺骸のない墓標を作らせたわけ」

「それなら、中に剣があったのはどうして？」

「習わしよ。故人の所有物を納めるという……」

図書室の入口の近くまで来ると、下士官が声をかけてきた。

「フォン・エスリンク博士、ベルリンから電報が届いています」

エリカはすぐに中を見た。

「明日、ドクトル・ゲッベルスが夜会を開くんですって。ヒムラー長官がわたしたちにも出席してほしいそうよ」

下士官に軽く頷いて礼を言うと、エリカはトリスタンの腕をぎゅっと掴んだ。

「クノッソスでは何も見つからなかったし、ここでも得られるものがなかった。ヒムラー長官は朗報を今か今かと首を長くして待っている。きっと長官はドクトルの夜会で発表したいと思っているはずだわ」

「発表するって、何を?」エリカの首筋にさりげなくキスしながら、トリスタンは訊いた。

「ヘスがイギリスに逃亡して、長官は支持者を一人失った。ドクトルはそこにつけ入ろうとしているのよ」

「そうか。つまり、長官は第三のスワスティカを発見したと発表して、再び優位に立つことを目論んでいるということか」

エリカは引きつった笑いを浮かべて頷いた。それはトリスタンがはじめて目にするエリカの困惑した表情だった。クレタ島で将校たちを脅かし、尊大に振る舞っていたあの強いエリカはもうそこにはいない。表向きの態度とは裏腹に、本人にはアーネンエルベ所長のポストに対する執着などないのかもしれない。それよりも、報復を心配しているのだろう。スワスティカの発見に至らなければ、自分の一族が巻き添えを食らうことになる。目下、権力に一番近いところにいるフォン・エスリンク家から特権的地位が奪われることは、エリカも望んでいないはずだ。

「スワスティカが見つからないとなると、きみの立場はどうなるんだろうか……」

「わたしだけの問題じゃないわ。あなただって……」エリカが訂正した。「わたしは考古学者として出直すことになるでしょうけど、あなたは……」

「よし、改めて考察してみよう。ワルデンベルク教授は、剣の生産地は中世のドイツ南部だと示唆していたね。そして、きみの話では、そのドイツ南部でスワスティカの在りかの手がかりを示す『トゥーレ・ボレアリスの書』が編纂された」

「そこからどんなことが考えられるかしら？」

「クレタ島に剣を残した人物が、ドイツで執筆したんじゃないのかな？」

「騎士が修道士になったというの？」

二人は砂時計のコレクションが並ぶ机のそばで立ち止まった。トリスタンはその中の一つを逆さにした。砂がオリフィスを伝って落ちはじめる。流れていく砂をトリスタンはじっと見つめた。この世の一切は今この瞬間も変化しつづけている。ならば自分の直観を信じよう。直観に従えば、活路が開けるかもしれない。

「いいかい。もし、あの剣とミュンヘン‐ウィーン間に現存する修道院とのあいだに繋がりを見つけることができれば、ヒムラー長官にいい報告ができるんじゃないか」

「だって剣にはなんの手がかりもなかったじゃない！」

「剣そのもの、、、が手がかりなのさ」

二人は再びワルデンベルク教授のもとを訪れた。教授は驚いた表情を見せたが、それでもトリスタンが具体的に質問をすると、すらすらと澱みなく答えた。

「このタイプの剣が製造されていた地域で、中世に存在した大きな修道院はいくつありますか？」

「七つだ」

深い学識を持つ教授は、間髪を容れず正確に答えた。

「十三世紀末の時点で稼働していた修道院はいくつですか？」

十三世紀末は『トゥーレ・ボレアリスの書』が編纂された時期だ。

「二つの修道院はそれ以降に建立されている。であるから……」

「五つですね」

教授が答える前にトリスタンは言った。そして、剣を摑むと刃を明かりにかざした。

「修道院内に武器が置かれるとしたら、どんな場所が考えられますか？　教会堂の中でしょうか？　像に持たせるとか？　たとえば、ドラゴンを退治する聖ゲオルギオスであれば、まさに槍か剣を持つ姿で表現されますが」

エリカが言い添えた。

「ちなみに、この剣を見つけたのは聖ゲオルギオスを守護聖人とする礼拝堂の地下でした」

教授からは即座に答えが返ってきた。どんな球でも打ち返してくるテニス選手さながらだった。

「中世の教会の内部にある聖人像はそれほど大きなものではない。小さな像では重い武器は支えきれんだろう」

「では、どこに？　修道士たちの共同寝室の中ですか？　食堂ですか？　写本室？　回廊？」

「そのどれでもない」

苛々して、エリカはヒールをカツカツと床に打ちつけた。トリスタンが不毛のやり取りを続けているように思われてならないのだ。

「もうお手上げよ。ベルリンに戻りましょう」

すると、教授が引き止めた。

「修道院内で武器が安置されているとしたら、一か所に限られる。墓の上だよ」

トリスタンは飛びかからんばかりの勢いで机に両手をついた。

「詳しく教えてください。お願いします」

「横臥《おうが》彫像を探せばよい。その下に葬られている人物を再現した彫像のことだ。たとえば、司教のような教会の上位者の場合は、往々にして司教杖を墓の上に嵌めこむ。騎士の場合……」

「剣ですね」エリカが叫んだ。

「俺たちが追っている人物は自分の墓に導くために、クノッソスにその剣を残したのか」

興奮で目をキラキラさせながら、エリカが質問した。

「十三世紀にあった五つの修道院のうち、横臥彫像のある修道院は？」

「一つもない」

トリスタンはがっかりして、拳を握りしめた。それでも、かなりいいヒントが得られたことには違いない。そう思いなおしていると、教授が勿体ぶったように続けた。

「その代わり、そのうちの一つに平墓石がある。全面に彫刻が施された墓石だ。そこに騎士の姿が彫りこまれており……剣の形をした窪みがある」

「それはどちらの修道院ですか？」エリカが怪しむように尋ねた。

「ハイリゲンクロイツ修道院。ウィーンの南だ」

二三

一九四一年十一月
ロンドン郊外
タワーハムレッツ墓地

怪奇現象さながらに墓石の色が交互に入れ替わる。冴え冴えとした銀白色と、暗くくすんだ灰色と。墓碑に刻まれた故人の名も夜の闇に明滅する。まるで死者が生者に思い出してもらおうと合図を送っているかのようだ。

モイラ・オコナーは墓の台座に腰を下ろすと、墓碑に背をもたせかけて空を見つめた。天上では雲と月のせめぎ合いが繰り広げられていた。雲の飛行小隊が猛スピードで月を横切り、月は風の随《まにま》に消えては現れる。月が勝ち誇ったように姿を見せて、墓地に神秘の光を注ぐたび、モイラは目を閉じて、輝く光の恵みを体の深部まで浴びようとした。

月光浴。いわば月の光の薬湯だ。

太古の昔、人間が自然と交感し、その力を崇めていた時代に由来する儀式。それは、女が男に隷属していなかった時代であり、夜を司る月が双子の兄の太陽と対等とみなされていた時代だった。

心地よい感覚が薄れてきた。目を閉じていても、雲が優勢になってきたことがわかる。モイラはゆっくり目を開けると、立ち上がり、声なき祈りを捧げるように両手を天に差し伸べた。周りでは、墓石の群れが再び薄闇の中に沈もうとしている。

モイラはコートの襟を立てた。ねじれた幹のコナラや生い茂る藪の中に無秩序に続く納骨堂の列に冷たい風が吹きつける。風は亀裂の入った霊廟や打ち捨てられた慰霊碑に湿った香りのする息を強く吐きかけた。

ロンドン郊外にある華麗なる七大墓地《マグニフィセント・セブン》の苑内をモイラは知り尽くしていた。タワーハムレッツはハイゲイトとともにお気に入りの墓地の一つだ。草木が豊かに生い茂り、静かで野性味を帯びていて、調和がとれている。モイラは姉妹たちとともに祈禱をおこなうためにときどきここを訪れていた。タワーハムレッツの死者たちは生者に相手をしてもらうのが好きなのである。

モイラは隣の翼のある像を戴いた墓に視線を向けた。その足もとの舗石の上に黒いものが横たわっている。それは人の形をしていた。

不意に銀の光が射しこみ、横臥しているものを露わにする。それはブロンドの若い娘の裸体だった。広げた四肢は、手首と足首から先がない。隻眼《せきがん》のその目は見開かれ、天をじっと見つめたまま死んでいる。額には、今やヨーロッパ全域がひれ伏す古代のシンボルが刻みつけられていた。かつては守護の手を差し伸べていたであろう、ひび割れた黒大理石の大天使が折れた翼を娘の上にかざしている。モイラ自身がこの場所を選び、死体を置いたのだ。

突然、かさりと落ち葉を踏む音が納骨堂の裏から聞こえた。モイラは立ち上がり、近づいてくる人影を見た。いつものとおり、約束の時刻きっかりだ。

人影はそばまで来ると帽子を取らずに頭を下げた。身長は高くも低くもない。丸い顔は陰気で精彩がなく、丸くて小さい鼻に丸いフレームの眼鏡をかけている。アプヴェーア(注14)の男は墓石にも増して無表情だった。すれ違って十分もしたら忘れてしまいそうなほど、特徴のない顔だ。スパイにはもってこいである。男は娘の死体をうんざりしたように一瞥し、モイラを冷ややかな視線で見た。

「こんばんは、ミス・オコナー。仕事をするのに、なぜこの墓地を選んだのかね？」

男はドイツ訛りのない完璧な英語で話した。

「ハイゲイトのほうは儀式には適していますが、二つの点でタワーハムレッツが有利なんです。地獄の火《ヘルファイア》クラブに近いし、こちらのほうが人通りも多いから、朝のうちに死体が発見されるでしょう。新聞に大きく取り上げられるようにお膳立てしておきましたので」

「そうは言っても……。わたしには、とてもこんなふうに死体を演出できないがね」

男の言葉には皮肉が垣間見えた。はじめて会ったときから、モイラはこの男のことが嫌いだった。女を見下している連中は話し方ですぐわかる。この男を地獄の火《ヘルファイア》クラブのアマゾネスたちに調教させて、礼儀作法をしこんでやりたいところだが、ベルリンに知れたらまずいだろう。こんな奴、どうせただの使い走りだ。そう思うことで、モイラは我慢することにした。

「ベルリンのあなたの上官からの指令に従ったまでです」

　男はかぶりを振った。

「勘違いするな。わたしは国防軍の諜報機関の所属だ。SSの人間ではない。わたしの仕事は軍に情報を伝え、破壊工作に手を貸す……つまり、ドイツを戦争に勝たせることだ。常に逮捕、拷問、処刑の危険と隣りあわせの任務だぞ。わざわざ墓場に出向いて、哀れな娘の死体の前でおしゃべりするほど暇ではない。SS情報部のラインハルト・ハイドリヒ長官からあんたに手を貸すよう、じきじきに要請があったから、従っているだけだ」

「イギリス上流社会の変態ぶりについてお耳に入れるときは、そこまでケチをつけたりなさらないのに……。ところで、謝礼のほうは？」

　アプヴェーアの男はコートの懐から封筒を取り出した。

「約束の金だ。どうせアイルランド独立派のお仲間に流れるのだろう？」

「そうです」

「恥を知らないカトリックのアイルランド共和国軍《IRA》に資金調達をする魔女か。怪しい同盟関係だな？」

「崇高な大義のためなら、魔女狩りの歴史にも目をつぶります。わたしの両親はイースター蜂起（注15）のときにイギリス人に惨殺され、弟は孤児院に送られて、そこで栄養失調で死んだんです。忌々しいイギリスから独立するためなら、教皇の足に口づけすることだって厭いませんから！」

「その話なら何度も聞かせてもらったよ……。それで、次は何をするのだ、そのSSの任務は？」

SSと口にするたびに、男はあからさまに軽蔑するような表情を見せた。

モイラはブーツの先を死体の裂かれた腹の上に載せて、高らかに笑った。

「反キリストを強請《ゆす》ってやるんですよ！」

ロールは十数メートルほど距離を置き、苔むした石膏の聖母マリア像の陰から二人を見張っていた。ずっと尾行を続けてきた甲斐があった。先ほどは、支配人のモイラが地獄の火《ヘルファイア》クラブを出てきたところで小型トラックに乗りこんだために引き離されてしまったが、首尾よく墓地の門の前で追いついた。ちょうど共犯者の一人が死体らしきものを引きずっているところだった。

だが、モイラと謎の男の会話を聞きとるには離れすぎている。

話の内容がわからず、ロールはじりじりした。こんな夜更けに死体を前にして、なんの話をしているのか？

二人が遠ざかっていくのを確認すると、ロールは影のように墓石のあいだをすり抜け、死体が置かれている墓まで来た。月の白い光が死体を明るく照らしていた。

ロールは吐き気を堪え、すぐに通路に目を向けた。先ほどの二人は門に向かって歩いている。

尾行を続けなければならない。だが、どちらの後をつけるか。マローリーの指示どおりモイラに張りつくか、男を追って身元を暴くか。

《女に張りつけ。片時も目を離すな》

一瞬、迷う。命令遵守か、自分の勘を信じるか。

ロールは決然として、上官の命に背いた。

二四

一九四一年十一月
ハイリゲンクロイツ修道院

一九三八年にナチス・ドイツに占拠、併合されてから、オーストリア人は――少なくとも亡命中や獄中にある者を除き――結局のところ、偉大なるドイツ帝国の一員となったことを大きな喜びを持って受け止めているらしい。窓という窓から恐ろしい数の鉤十字の旗が下がる光景の示すとおりなら、通りの隅々まで喜びで満ちあふれているということだ。しかしながら、トリスタンは疑問に思った。ロシアの前線に送られた息子を持つ母親たちも、同じように熱烈歓迎しているのだろうか。一方で子どもたちはといえば、疑問を持つこともないのだろう。通りを駆けずり回りながら、大人たちに「ハイル・ヒトラー」と敬礼し、大人たちもまた、即座に同じ言葉で応じている。トリスタンはそのたびにいちいちロボットのように腕を上げるのが嫌で、口先で返礼するだけにとどめていた。ナチズムが腕の筋肉は発達させても、脳を萎縮させていることは言うまでもない。

トリスタンとエリカはようやく修道院前の広場に着いた。ここでは、教会の尖塔にも、修道院の周囲にも鉤十字の旗は見られない。神の家まで来ると、国家社会主義の熱狂もさすがに鳴りを潜めている。

「修道士たちはフューラーの崇拝者ではないようだ」トリスタンは呟いた。

エリカが服の皺を伸ばした。この日は踝まですっぽり覆う地味な色目のドレスを着ている。修道院の中に入るために、一番丈の長い服にしたのだ。鼠色のドレスは彼女の本性を見事なまでに隠している。

「カトリック教徒は、ナチズムをイデオロギーや政党というだけでなく、新しい宗教であると捉えているのよ。ユダヤ人を迫害したあとで、自分たちと張りあってもそう長くは続かない新興宗教だ、とね。それはそうと、向こうで待っているあの若い修道士を見て。あなたの鉤十字勲章をじっと睨みつけているわよ」

迎えの修道士はスータンの袖の中で腕を組んだまま一礼し、玄関ホールで修道院長が待っていると、抑揚のない声で告げた。二人はきれいに均《なら》された砂利敷きの中庭を横切った。修道院の敷地内では、多様な建築様式が一堂に会していた。トリスタンは思わず目を見張った。バロック様式の極みのような正面入口から、鐘楼の東洋的な葱花《そうか》形の屋根に至るまで、何世紀にも及ぶ歳月が意表をついて一挙に押し寄せてきた感がある。歴史の深部から立ち現れたような、どっしりとした構えのロマネスク様式の礼拝堂まである。

大階段の前で修道院長が二人を待っていた。階段の上には個室があるようだ。

「あなたがたのことは大管区指導者《ガウライター》から伺っております。お尋ねになりたいことがあるとか。三十分後にミサがありますので、手早く済ませていただけるとありがたいのですが。わたくしどもでは通常、急な来客はお断りしておるのですがね」

「こちらには現在、何名の修道士がいますか？」エリカが落ち着いた口調で訊いた。

「五十七名です」

「オーストリアがドイツに併合されてから、修道士の数がおよそ二倍に増えているようですね。聖霊のお導きでお勤めが激増したのでしょうか」

どうやらエリカはこの訪問に備えて、事前に作戦を練ってきたらしい。

「主の御心に従うのみです」修道院長が陰気な声で応じる。

「それでは、お勤めが急増したのは、東部戦線に送られずに済むよう修道士になる者が増えたからというわけではないのですね？」

「何を根拠にそのような……」

「よろしいですか。こちらは脱走兵、祖国の裏切り者、ドイツの敵を匿っているあなたを告訴することだってできるのですよ。ゲシュタポに三十歳以下の修道士全員を逮捕させ、入信のきっかけについて徹底的に調べるよう頼んでみましょうか。それで全員が改心すると思いますよ」

ここぞとばかりに、トリスタンは口を挟んだ。

「院長のお立場としては、修道院のために殉教するような修道士を出したくはないでしょうし、キリストの隣人愛に鑑みて、われわれに協力してくださるものと信じています」

「わたくしにどうしろとおっしゃるのですか？」

「お墓を見せてほしいのです。ある騎士の墓です」

修道院長は唖然とした。たかが墓一つを見たいがために、ゲシュタポの名をちらつかせて脅そうとするのかとでも言いたげである。

「アマルリッヒ修道士の墓のことでしょうか？」

「修道士、ですか？」

「はい、元騎士の修道士です。言い伝えによると、この修道院で生涯を終える前にエルサレムに巡礼に行ったようです。また、彼はテンプル騎士団の団員だったとも言われていますが、今はなき騎士団ですので、これも伝説の域を出ません」

説明を聞くうちに、トリスタンはある一点が気になった。

「墓石には騎士の姿が刻まれていると聞いています。修道士なのに、なぜでしょうか？」

「さあ、わたくしにはわかりかねますが、そればかりが墓の特徴ではありません。これからご覧に入れましょう。墓はこの修道院の中でも最古の、中世に建てられた礼拝堂にあります」

修道院長はすっかり態度を改め、いそいそと修道院を案内しようとしていた。どうやらエリカの作戦が期待以上の効果を上げたらしい。この分ならいろいろなことを教えてくれそうである。

「長く修道院長を務めておられるようですから、この歴史ある修道院については、もうご存じないことなどないのでしょうね?」トリスタンは訊いた。

「実際のところ、膨大な時間をかけて古文書を紐解いてまいりました。それで、あの墓がアマルリッヒ修道士のものだということがわかったのです。さあ、こちらです」

礼拝堂の入口の扉の老朽化は否めなかった。しかしながら、巧みに加工された切石は、一分の隙もずれも生じることなく尖頭アーチをなしている。いったい、どれほどの数の人々が、それも、今はこの世に存在しない名もなき人々が、この礼拝堂を訪れたことだろう。いつもながら歴史的建造物の中に入るたびにトリスタンはそう思う。

「当時の文献には、アマルリッヒ修道士が自ら地下聖堂《クリプト》に埋葬されることを望んだとあります。下に下りましょう。階段は修繕してありますので」

経年によってところどころ剝がれた石畳の中央に、思いがけず一段と明るい色の平墓石があった。石全体に彫刻が施されており、クノッソスの石櫃とは対照的である。胸の上で両手を組み、兜で顔が隠れた騎士の姿が刻まれている。騎士の右横には、剣を象ったような窪みがあった。寸法を測るまでもない。クノッソスで発見した剣と形も大きさも見るからに同じもののようである。

「この墓には特徴があるとおっしゃいましたが、どの辺りでしょうか」エリカが尋ねた。

「気づきませんか？　首回りをご覧なさい」修道院長は答えた。

確かに、ミサの際に司祭が使用する頸垂帯《ストラ》らしきものが両肩から垂れている。ストラといっても、縁飾りのリボンのように細い。

「修道士でもあったことを後世に示すためかしら」

「もっと近くで見るとわかります」

トリスタンは跪いて覗きこんだ。なるほど、ストラのちょうど心臓の位置にあたる部分に、鉤十字が刻みこまれている。ほんの小さな宝石ほどの大きさのため、見過ごしていたようだ。

「意外に思われるでしょう」修道院長が言った。「墓石の東側をご覧いただくと、さらに驚くようなものがありますよ」

地下聖堂《クリプト》の壁に、壁石まるまる一つ分の大きさの鉤十字が彫りこまれていた。この閉ざされた空間に不釣り合いなほどの大きさだったが、トリスタンはその下に据えてあるものに気づいて目を疑った。

アドルフ・ヒトラーの胸像だ。

エリカも驚きを隠せない様子だった。壁に近づき、銅板に刻まれた説明文を読んでいる。

「ここは、オーストリアがドイツに併合されたとき、ウィーンを措いてフューラーが最初に訪れた場所らしいわ」エリカが要約した。

「この管区にとっても栄誉なことであります」修道院長がそつなく調子を合わせるように言った。

「壁の十字架も中世のものですか？」

「はい、この十字架がフューラーの訪問された理由です。中世のキリスト教の聖所で、この象徴が見られるのはひじょうに稀なことです」


エリカは矢も盾も堪らず墓石に戻ると、そのそばに跪いた。そして、縁をずっと指でたどって確かめ、石の色艶や老朽度を頭に入れた。

「墓を改めましょう。もちろん作業は慎重におこないますから。アーネンエルベの専門チームにすぐにベルリンを発つように要請します。ここに着くのは……」

「その必要はないと思います」修道院長が遮った。「四十年ほど前に修道院の修復工事があったのですが、その際に墓をすっかり調べました。当然ながら鑑定報告書は証人立ち会いのもとで作成されております。墓の中には遺骨が完全な状態で保存されていました。アマルリッヒのものと思われます。それ以外は何もありませんでした」

一方、トリスタンはヒトラーの胸像の前でじっと佇んでいた。エリカはそばに寄って声をかけた。

「行きましょう。見るだけ無駄よ。フューラーが訪れた場所には必ずプレートと像が設置されることになっているから。もっとほかにやるべきことがあるでしょう？　この墓には、残念ながら何もなかった。スワスティカも、見つけるための手がかりも。これから鑑定報告書を確認するわ。でも、これといった収穫は期待できそうもないけど」

　すると、修道院長がトリスタンに近づいた。

「フューラーが訪問されたときのことをお知りになりたければ、詳しく話せる修道士がおります。多少、妄想癖がありますが……」

「それでは、その修道士に会いましょう」トリスタンはすぐに応じた。「何か新たな発見があるかもしれない」

「高齢のため、たいてい医務室で過ごしております。お会いになればわかると思いますが、彼は多弁です。すべてを真に受けないでください。時おり、妄想の世界に入ってしまうことがあります。脳卒中を患いましたので」

「ちょっと、わたしを置いていくつもり？」エリカが声を荒らげた。

「鑑定報告書を読むだけなら俺は必要ないだろう？　俺はほかのことをやるよ。それでなんだが、頼みたいことがある。墓石の写真を撮っておいてほしいんだ。あとで役に立つかもしれないから」

エリカにじろりと睨まれてトリスタンは覚悟した。この代償は高くつくに違いない。

数分後、トリスタンは医務室として使われている部屋に来ていた。医務室と呼ぶのはどうかと思われるほどお粗末な部屋である。どす黒い怪しげな液体が入った小瓶が並ぶ戸棚はぐらぐらして今にも倒れそうだ。半開きの引き出しには薄汚れたタオルが入っており、壁際には無造作に段ボール箱が置かれ、黄ばんだ包装の薬剤がぎっしり詰まっている。そのほかの空いているスペースに、三台の古い鉄製のベッドが窮屈そうに並んでいた。

ベッドの上では、かなり高齢と思われる老人がくすんだ色の毛布にくるまり、聖書を読んでいた。まるで祈りを唱えているように、規則正しく口が動いている。

トリスタンはベッドにゆっくりと近づいた。

近くで見ると、老修道士の頭部は焼きすぎた陶器のようにひび割れていた。羊皮紙のようにかさかさで皺だらけの顔の中心で、丸眼鏡の細い縁の中から明るい色の目が覗いている。わけても印象的なのが、顔の右半分が雨の中で干しっぱなしの洗濯物のようにだらりと垂れていることだ。目に見えない線が顔を二つに仕切っていた。片側は生きているが、もう片方は死んでいる。

「こんにちは」トリスタンはそっと声をかけた。

老修道士は眉をひそめて聖書から目を離すと、探るようにトリスタンを見た。

「何か用かね？」

「探しているものがありまして」

「人はみな、何かしら探しているものだ。彼《あ》の人があんたをよこしたのかね？」

「彼の人？　どなたですか？」

老修道士は動くほうの口角を上げて蔑むように笑った。

「フューラーに決まっているではないか。あんた、ドイツ人ではないな。見ればわかる」

「フランス人です。ですが、フランス人でなくとも、〝彼の人〟がフューラーのことだと察する人間がいったいどれだけいるでしょうか」

老修道士が動くほうの目をぐるりと回した。もう片方の目はトリスタンを凝視したままである。

「ふん、フランス人か……。フューラーはフランス人を嫌っておる。かつて会ったことがあるのだ。その話は聞いているかね？」

「はい、そう聞いています……。あなたはお話好きのようですね。この修道院の歴史が知りたいのですが」

老修道士はがっかりした表情を見せた。

「なんだ……フューラーの話は聞かないというのか？」

「遠慮しておきましょう」

老修道士は片方の目を右左と動かし、低い声で言った。

「後悔するぞ、フランス小僧。この修道院ではいろいろなことがあったのだ……」

「そうなのですか？」

「そうだ。わしは不思議なものをたくさん見てきておる。声が聞こえて、秘密を教えてくれるのだ。ここは唯一無二の修道院だ。世にも稀な修道院だ。あんたにはクリスマスの豚と雀の話を聞かせてやってもよいぞ……」

トリスタンは首を横に振った。この老人の脳みそは顔と同じくらい弛緩している。何も聞き出せそうもない。

「また別の機会に……。そろそろお暇を……」

すると、老修道士は必死の形相でトリスタンの袖にすがりついた。

「行かないでおくれ、頼む。ここではもう誰もわしの話を聞いてくれんのだ……」

修道院の鐘楼から晩課の鐘が聞こえた。ステンドグラスを通して十一月の夜がじわじわと教会内に侵入してくる。宵闇の攻勢を迎え撃つべく、修道士がロウの垂れた枝付き燭台に火を点す。エリカの横では修道院長が大ロウソクよろしく背筋を伸ばして立っていた。

結局、この二人は隣町から写真屋がやって来るまで一時間待ち、撮影ができるようになるまでにさらに一時間待たされる羽目になった。地下聖堂《クリプト》の内部が暗すぎるため、映写機を探してきて接続する必要があったのだ。トリスタンがそばに寄ると、エリカは不機嫌そうに言った。

「ベルリンに帰るわよ。医務室ではさぞかし有意義な時間を過ごせたのでしょうね」

「きみが思っている以上にね……。気の毒な老僧は話し相手ができて喜んでいたよ。なかなか話を切り上げることができなくて」

「あなたがたフランス人は大切なものを失くすのがお得意ね。国土も、時間も」

トリスタンは肩をすくめた。

「きみたちにはわからないだろうね。きみたちナチスにとって、慈善は豚に真珠、戦車《パンツァー》にバラの花ってところかな」

エリカは腹立たしげにトリスタンを睨みつけた。恋人が自嘲気味に飛ばす皮肉が不愉快でならない。だが、問題なのは、それを冗談として受け取っていいのかということだった。冗談か本気か、その見極めがつかないのだ。

「医務室の修道士は何者なのですか？」エリカは修道院長に向きなおって尋ねた。

「実際、悩みの種でして。先ほども申し上げたとおり、だいぶ前から正気を失っているのです」

「主が与え、主が取られたのだ」（注17）トリスタンが唱えた。「聖書がそう言っています。確か〈ヨブ記〉でしたよね、司祭さま」

修道院長は頷くも、このような場面で神の言葉を引用するとはけしからんとばかりに眉をひそめた。その傍らで、エリカは安心していた。やはり、先ほどの言葉は冗談だったのだ。いつものように、トリスタンは一言返さずにはいられない男なのだ。

二五

一九四一年十一月
ロンドン
メイフェア地区

〈ブードルス〉はロンドンにある会員制の紳士クラブである。市内にはほかにもっと歴史のある高級クラブが存在するが、このクラブでは会員に安らぎや居心地のよい空間やめったにないレベルのサービスを提供している。戦時下でコニャックやアルマニャックなどはさすがに手に入らないものの、ここには上等な酒がある程度揃っている。料理長はスタンフォードの士官用会食所に徴用されていたため、ソースで煮こんだ肉料理が得意な副料理長が代わりを務めていた。

マローリーがコートと帽子をクロークに預けてフロントに行くと、かつてインド連隊にいた元軍曹の受付係が迎えた。

「お久しぶりです、マローリー司令官！　お元気でしたか？　ずいぶんお見えになりませんでしたね。亡くなったなんていうデマまで吹きこもうとする客までいたくらいですよ」

「あいにくこのとおり、生きているよ、トミー。兵站《へいたん》部門がそれほど大きな危険に晒されることはないんだ。戦う相手はヒトラーじゃない。むしろ流感のほうだ」

「だから、その客には言ってやったんですよ。司令官ほどの立派なかたに万が一のことがあれば、〈イブニング・スタンダード〉紙や〈タイムズ〉紙に死亡広告が出るはずだと」

「ありがとう、トミー。今夜の客の入りはどうだい？」

「残念ながら、少ないですね。ロンドンでは、軒並みどこのクラブも客足がどんどん遠のいています。あの忌々しいフューラーのせいですよ。唾棄すべき野郎です。その名に恥じないロンドンの社交の場まで、野郎はわれわれから奪おうとしているのです！」

「神と国王陛下がお守りくださると信じよう」

マローリーは、ただお気に入りの椅子に腰を落ち着けて十二年もののシングルモルトをゆっくりと味わうつもりでいた。ほんの一時間か二時間でいい。いったん仕事から離れたかった。まずは気持ちを落ち着けよう。そうすることで、理性的に考えられるというものだ。ヘスに催眠術をかける作戦が不首尾に終わる一方で、尾行を続けていたロールからは思いがけない情報がもたらされた。いわば悲喜こもごもで、マローリーにはいつものカンフル剤が必要だった。

確かにロールは自分の指示に背いたが、入手した情報は価値のあるものだった。墓地にいた謎の男はピムリコ地区にねぐらがあるらしい。ロールは郵便受けの住所と名前をメモし、意気揚々と引き上げてきた。それから三十分も経たないうちに、マローリーはMI6に情報を送った。大物を引き当てたのだ。

むろん、男に関する情報以外は伏せてある。要するに、MI6の管轄外なのだ。その一方で、クロウリーには、死体を墓地に遺棄したモイラについて厳しく問いただすつもりでいた。

だが、まあしばらくは頭を空にすることが先決である。四六時中ナチスと戦うことばかり考えていて、ほとんどそれは強迫観念のようになっていた。実を言えば、マローリーは彗星のごとく現れたヒトラーの急速な台頭に好奇心をそそられていた。地位もなく浮浪者も同然の男がわずか二十年足らずのうちに、どうやって世界最強の権力を手にするに至ったのか？　フューラーについて政治的・心理的に分析した報告書は書庫にぎっしりとファイルされている。にもかかわらず、いまだにヒトラーは謎めいている。マローリーは、独裁者の権力にはレリックの所有が深く関わっていると確信していた。確信があったからこそ、あの晩、〈ゴードンクラブ〉のメンバーに力説したのだ。ナチズムの本質は神秘主義にあり、集団を洗脳することで、ドイツ人が茶色の制服を着た救世主《メシア》を崇拝するようになったのだと。ミュンヘンで秘密結社〈トゥーレ協会〉がヒトラーに目をつけたのも、それなりの理由があるからだ。間違いない。若き日の独裁者の身に何かが起きたのだ。その何かがヒトラーという男を劇的に変化させた。何者かが幼虫を邪悪な毒蛾に変身させる繭を作った。ヒトラーの謎はそこに帰する。
マローリーは半分ほどしか席が埋まっていない大きなサロンの中央を進んだ。サロンでは、顔に皺が刻まれた白髪の会員たちが声を潜めて話していた。フランスから帰国して半年が経つが、ただの一度も〈ブードルス〉に立ち寄る時間を作ろうとしなかった。マローリーはそれを後悔した。ここは単なるくつろぎの隠れ家にとどまらない。戦争中にあっても、ここに来れば、イギリス人の優れた粘り強さが変わらず健在であることが体感できる。家庭生活からすっかり縁遠くなってしまったマローリーにとって、このクラブは家庭のようなものなのだ。ふと別れた妻の言葉が脳裏を過ぎる。
《若くて、明るくて、隠し事のないスポーツマンタイプよ》
好きな男ができたと言って、妻はマローリーのもとを去っていったのだ。

インド生まれの給仕がマローリーに近づいてきた。

「いらっしゃいませ。いつものモートラック(注18)でよろしいでしょうか？」

「ありがとう、サドゥ。図書室でもらうよ」

給仕はここに来て一年ほどになる。マローリーはこの給仕に会うたび、いつかはこのクラブも大英帝国の植民地出身の会員を受け入れる日が来るのではないか、と思ったものだ。一度だけ、知り合いの医学部の教授にそれについて話したことがある。すると、その教授は大笑いして言った。

「インド人かね……。正気の沙汰じゃないな。いっそのこと、女性を受け入れるというのはどうだ？　戦争が始まる前からすでにユダヤ人も入会できるようになっていたことだし」

〈ブードルス〉は、ロンドンで最もリベラルなクラブの一つとして知られている。銀行家、弁護士、医者、裁判官、新聞の編集長、軍人が会員の大部分を占めていた。たいていは父祖より会員権を継承した者たちだったが、保守的な会員たちが辛辣に言うところの〝変わり種〟の新参者も徐々に目につくようになっていた。新規に入会を許された者としては、まずは作家、次いでオペラ歌手、愛人の数が勝利の数に勝ることで評判になったエアレース・パイロットがいる。こうして新しい風が吹きこまれたのも、内輪で固まりがちな多くの会員が新たな話の聞き手を欲していたからだ。

マローリーは図書室兼シガールームになっている次の間《ま》に入った。ビリヤード台の脇を抜けると、〈デイリー・テレグラフ〉紙を読んでいる新しい会員の姿が目についた。弁護士のアーチボルド・メイヤーだ。ユダヤ人を母に、ウェールズ人を父に持ち、イギリスに進出してきたアメリカの企業の顧問弁護士をしている。アーチボルドが入会したために、代々反ユダヤ主義の会員五人が退会した。マローリーはアーチボルドに近づいた。

「やあ、アーチー、久しぶりだね。一緒にいいかい？」

アーチボルドは新聞から顔を上げ、人懐っこく微笑んだ。

「もちろんだよ。ここに座りたまえ。さぞかしきみは多忙な時間を過ごしているのだろう。戦争遂行努力か……」

「いやいや、書類漬けの毎日さ。無駄な書類が多くてね」マローリーは適当にごまかした。「それより、邪魔ではなかったかな」

「ああ、ちょうど読み終えたところだ。残虐な事件があったらしい。タワーハムレッツ墓地で死体が発見されたそうだ。両手両足を切断されていて、ほかにも損壊箇所がある」

「ひどい話だな」マローリーは控えめに応じた。

「それだけじゃないぞ」アーチボルドが続けた。「死体の額に鉤十字が刻まれていて、腹部が切り裂かれ、中にまじないが書かれた紙が入れられていた。ナチスを驚かそうとして、切り裂きジャックが蘇ったのでなければいいんだが」

「残念ながら、アーチー、ジャックはまだ生きている。ほうぼうでやりたい放題やっているよ」

「なんだって？」

「そいつはおかしなチョビ髭を生やしていて、犠牲者はすでに何十万人にも上る」

アーチボルドは口もとを歪めた。

「本当にそのとおりだな。奴はまだ本土上陸を考えているんじゃないだろうか……。僕はマン島から戻ってきたところなんだが、そこでひどい光景を目の当たりにした」

「ひどい光景？　爆撃の犠牲者か？」

「いや、マン島ではドイツや中央ヨーロッパの国々から来たユダヤ人が収容されているんだ。男も女も。命からがら逃げてきた人々だ。イギリス政府はとりあえずユダヤ人たちを仮設の小屋に収容したんだが、あとは何もせずに手をこまねいている」

「難民か。悲惨だな」

「それどころか、ユダヤ人たちが受けている迫害についてぞっとするような話を聞いた。東ヨーロッパでは、ナチスによって相当な数のユダヤ人が虐殺されているらしい。ドイツ軍の進撃に乗じて、ＳＳの部隊が男も女も子どもも皆殺しにしているそうだ」

「きみはユダヤ人のために活動しているのか？」

「抑留中の難民を施設から出してやりたい。しかし、なかなか厳しくてね。よりによって彼らがドイツ語を話しているものだから、潜入中のドイツのスパイだと見なされてしまうんだ」

　給仕が来たので、アーチボルドは途中で話をやめた。ウイスキーのグラスが前に置かれると、マローリーは口を開いた。

「それは知らなかった。抑留されている人たちは大勢いるのか？」

「イギリス全土で二万五千人ほどらしい。中でもマン島のキャンプは大規模だ。まずいことに、宣戦布告後にイギリスで捕虜となったドイツ人が交じっている。そのドイツ人たちは正真正銘のナチスだ。ユダヤ人たちの弁護をするために、首相の側近にアポイントメントを取ろうとしているんだが、そうは問屋が卸さない」

「支援者はいるのか?」

「いくらかはね……。難民を受け入れる団体がある。興味深いのは、クエーカー教徒がどこよりも積極的に動いている。ユダヤ人たちを助けるために奮闘しているんだ(注19)」

それを聞いて、マローリーは後ろめたい気持ちになった。チャーチル内閣の一員との面会くらい、お膳立てできないわけではない。しかし、手を貸せば、自分が特殊な立場にある人間であることが知れてしまう。

すると、アーチボルドが立ち上がった。

「今日はこれで退散するよ。今夜中に片づけておきたい仕事がある」

そこへ接客係がぬっと現れた。面食らったような顔をしている。

「司令官、司令官の秘書とおっしゃる女性が入口にお見えになっています」

「通してくれ」

「それは……いたしかねます。ご存じのように、わがクラブは女人禁制でございます。規則は規則ですから……。ご了承いただけますよね」

マローリーはむっつりした顔で立ち上がった。

「いや、ご了承できないね。次回、規約を変更して女性の入店を認めるように役員会にかけあう」

そして、今度はアーチボルドに向かって言った。

「きみも支持してくれると、ありがたいな」

それを聞いて、アーチボルドが笑いだした。

「僕が支持したら、ユダヤ人が〈ブードルス〉のような高級クラブの精神を堕落させているなんて言われるのがオチだ。まずは、悪いが、遠慮しておくよ。会員たちの中に残る反ユダヤの感情を煽りたくないんだ。フェミニストやクリスチャンの賛同者を探して、話をもちかけてみるんだな」

笑っているアーチボルドに挨拶すると、マローリーは受付に向かった。驚いたことにカウンターの前にいたのはロールだった。ロールは興奮しているようだった。

「知らないのなら教えよう。わたしは休んでいるときに邪魔が入るのが嫌なんだ」マローリーはきっぱりと言った。

「申し訳ありません。緊急の用件なんです。こちらに電話を入れたのですが、取り次いでもらえなくて」

接客係が天井を振り仰いだ。

「一週間前の爆撃で電話回線が切断されまして。電話がかかりづらくなっております……」

「当直勤務についていたところ、ニュースが入ったんです」接客係が離れていってから、ロールは話を再開した。「これはすぐ司令官にお知らせしたほうがいいと。モンセギュールのスワスティカが効いたんです。奇跡が起きました！　ヒトラーがドイツ国防軍の将軍たちに暗殺されたんです」

「なんだって？　ヒトラーが死んだ？」

マローリーは雷に打たれたかのように驚き、ロールを見つめた。ロールはしばらく黙っていたが、急に笑いだした。

「ジョークです……。イギリス人って、冗談を言うときによくその言葉を使いますよね？」

「ジョークなのか？　全然笑えないジョークだ」

「やはり、あの忌々しいレリックの力は本物だと信じていらっしゃるのですね。司令官は本当におもしろいかたです」

マローリーはロールの腕を摑んだ。

「きみはそんなことを言うために、わざわざここに来たのか？」

「違います。クロウリーから電話がありました。司令官に相談したいそうです。相当取り乱しているようでした」

「また何かやらかしたのか？」

「とにかくすぐに会わせてほしいと言っています。墓地に遺棄された死体の件で、例の赤毛の女に脅されているようです」

二六

一九四一年十一月
ベルリン
ヴィルヘルム広場

　宣伝省の庁舎は各階に装飾が施され、ヴィルヘルム広場の中央で誕生日のケーキのように華やかに輝いていた。空軍より調達してきた投光器から光の柱が天に向かって伸び、その足もとでは、パレード用の制服を着用した警備隊員が、次々と訪れる上流階級の賓客をエスコートしていく。マクダ・ゲッベルスは、ダイヤモンドのような輝きを放つ毛皮のガウンをまとって階段の上に立ち、招待客を迎えていた。今やすっかり有名になったその微笑みを周囲に惜しみなく振りまいている。ドイツ中でこのマクダを知らない者はない。フューラーとともに新聞の一面に載るときを除き、その眩いばかりの美しさは数多の雑誌の表紙を飾っている。独身を公言するフューラーは、愛人のエーファ・ブラウンを表舞台に立たせるわけにはいかず、マクダを公の場に同伴させていた。マクダはいわばファーストレディの代わりであり、全ドイツの女性の理想像でもあるのだ。

「見てみろ。まるで彼女がホストのようだ」妻の姿をゲッベルスが皮肉った。

長年仕えている執事がその後ろで軽く頷く。主《あるじ》の独り言はいつものことだ。

ゲッベルスは庁舎の屋根裏に開けた小さな丸窓から招待客が到着する様子を観察していた。屋根裏には秘密の部屋を作らせ、一人籠って考え事ができるようにしてあった。屋根裏に通じる裏階段はゲッベルス専用だが、若い女優たちもそこを使って足繁く通ってくる。したがって、この秘かなくつろぎの場は、とりわけマクダに知られてはならないのだ。

「またフューラーに告げ口されるかもしれないからな」ゲッベルスはこぼした。

あれは忘れもしない一九三八年の夏のこと。マクダが息巻いて〈ベルクホーフ〉(注20)に駆けこんで、『夫が、二十二歳のしかもチェコ人の女優リダ・バーロヴァと不倫をしている』とフューラーにぶちまけたのだ。もちろん〈アドルフおじさん〉(注21)からは即座に、女優と別れるように命じられてしまった。この日のことは、思い出すだけで冷や汗が出る。

「あれ以来、マクダはなんでも自分の思いどおりになると信じこんでいる。フューラーが耳を貸してくれるからな。だが、マクダよ、それはおまえの思い過ごしだ」

ゲッベルスはグラスに酒を注ぐと、ヴィルヘルム広場から目を逸らした。マクダが微笑みながらヒムラーの野郎を迎えるところなど見たくもない。ヘスが遁走した今、最大の敵はヒムラーだ。あの男はこちらの足を掬《すく》おうと、常に機会をうかがっている。ここまで築いてきたフューラーとの信頼関係を一気に失墜させようという魂胆だ。

「ヒムラーめ、〈養鶏家〉に逆戻り[注22]させてやるからな。ほかの連中もそうだ。おまえたち全員、然るべきところに収まっておればいいのだ」

ゲッベルス宣伝相は肘掛けに手をつきながら立ち上がった。補助具をつけた右足が重い。四歳のときに患った病の後遺症のせいだ。足が不自由なうえ、体も弱く、悲しいくらい背が低い。それで、いつも影のような存在という扱いを受けてきた。いや、人を見た目で判断してはならない。〈小人〉は〈小人〉でも抜け目がないのだ。今宵、改めて誰もがそれを思い知ることになる。

庁舎の大ホールでは、入口から間断なく客が流れこんできており、まるで駅のコンコースさながらのせわしなさだ。中に知り合いの姿を認めて足早に近づく者もいれば、一目散に料理の並ぶテーブルに向かう者もいる。会場に入ると、女性たちはさっそくゆっくりと歩くようにした。目も眩むような美しいマクダの前を通り過ぎたら、今度は自分たちが殿方の称賛を浴びる番だとでも言いたげである。

腕を露わにした黒いドレス姿のエリカは円柱を背にして立った。以前に実家で会ったことのある客たちと挨拶を交わしながら、ヒムラーを待つ。特権階級の資産家たちの求心力はこの数年ですっかり失われてしまったようだ。今や上流社会は、社交界の新たな導き手に追従し、ゲーリングの催す狩猟やゲッベルスが開く夜会に足を運ぶ者たちばかりである。

「この中で、誠実なナチ党員はどれくらいいると思うかね？」会場入りしたばかりのヒムラーがエリカに尋ねた。

エリカは微笑みながら指を折って数えるふりをしてみせ、片手の手だけで数えるのをやめた。ヒムラーが声を上げて笑いだす。

「クレタ島に行ったことが功を奏したようだな。まだ見つからないのは残念だが」

「まだ終わったわけではありません。わたしは決して諦めませんから」

「もちろん、きみには全面的な信頼を置いている」

「光栄です」

ヒムラーは軽く頷いた。そこで会話が途切れた。見ると、マクダが取り巻き連に囲まれながらこちらにやって来る。マクダが前を通りかかると、ヒムラーは踵を鳴らした。それに応えるように、マクダが輝くような微笑みを向ける。

ヒムラーは定期的にゲッベルスの愛人のリストを更新してはマクダに渡していた。その程度の調査などたやすいもので、ヒムラーは少ない投資で大きな利を得ていたのである。

エリカはシガールームでトリスタンと合流した。トリスタンはゲッベルスの結婚式の写真を眺めていた。写真には、雪化粧した道を歩く新郎新婦と、ナチス式敬礼をする農夫たちが写っている。思わず見入ってしまうような光景だが、夫婦の後ろにいる男の影にさらに視線が引き寄せられる。

「フューラーはゲッベルス夫妻の結婚の立会人をしていたんだね」

「あらそうなの、別にどうでもいいけど。それより、ハイリゲンクロイツ修道院に行ったことをヒムラー長官に話す時間がなかったのよ」エリカは苛立たしげに言った。「アマルリッヒの墓の写真を見せることすらできなかった」

給仕がシガールームに入ってきて空いたグラスを下げ、宣伝大臣が間もなく会場入りすると告げた。当然ながら、すべての招待客が揃ったうえで大臣を迎えることになっているのだ。

「〈小人〉はこの日のために入念に準備を進めてきたようね」エリカが言った。「ベルリン中の有力者がこの場に会している。新聞の一面にも出るわね。それを指をくわえて見ているしかない長官は、怒り心頭に発するというところかしら」

大ホールはひそひそ話や質問が飛び交い、ざわついていた。マクダは隅に追いやられ、すっかり忘れられた存在となっていた。こわばった笑顔で愛想よく振る舞おうとしているが、広間に張り出した踊り場のバルコニーが気になる様子で、何度も何度も見上げている。踊り場では係の者がマイクを設置していた。

すると、そこに突然ゲッベルスが姿を現した。同時に割れんばかりの拍手が沸き起こる。ゲッベルスは褐色の党の制服を身に着けていた。党で権力を握る者のみが着用できる制服である。

「気のせいか背が高く見えるぞ」トリスタンは驚いた。

「台の上に乗っかっているのよ。そうでなきゃ顎が手すりにぶつかっているわ」エリカが意地悪く言った。

ゲッベルスが芝居がかった調子で両手を広げ、静粛を求める。まるで壇上で支持者たちに一席ぶつ説教家そのものである。

「みなさん、本日はひじょうに重要な日であります。まさに歴史に刻まれる一日となりましょう。そして、今日という日を思い出すとき、誰もがこう言うのです。『わたしはその瞬間に立ち会ったのだ』と」

にわかに会場はしんと静まり返った。誰もが息を詰めて聞き入っている。

「本日、われらがドイツ軍はモスクワ近郊に到達しました。クレムリンはもう目と鼻の先であります」

どっと歓声が上がり、太鼓の内側さながらに会場中が振動した。手練れの弁論家でもあるゲッベルスは叫び声や歓呼の波が引くまで待った。そして、聴衆が静かになると、演説を再開した。

「われらがフューラーは戦を勝利に導き、数か月で世界を一変させた功労者であります。今やドイツはヨーロッパを征服し、その勢力はアジアとの国境まで及んでいます」

ゲッベルスの後ろに、巨大な地図が広げられる。ノルウェーからクレタ島、フランスからロシアまで、ドイツの制した地域が赤々と塗られ、血の染みを思わせた。地図上に示された世界の新たな秩序に対し、割れんばかりの拍手が送られる。

「攻勢が続くあいだも、フューラーは夜を日に継いで闘っておられました。人間の記憶および年代記においても類を見ない軍事行動を成功に導くべく、すべての時間とエネルギーをそこに費やされました。何か月にもわたり、一日たりとも休むことなく、寝食を惜しみ、官邸あるいは〈ベルクホーフ〉の別荘で、ドイツの将来のために尽力されたのです。そしてついに、人知れず不撓不屈《ふとうふくつ》の精神で闘いつづけてこられたフューラーが、改めて脚光を浴びるときが来たのであります」

間髪を容れず、聴衆が一斉に天井に向けて腕を伸ばし「ハイル・ヒトラー」と叫んだ。シャンデリアを震わすほどの熱気である。

「さて、みなさんにすばらしいお知らせがあります。一週間後、フューラーはヴェネツィアでムッソリーニ首相と会談をされることと相なりました。そこで、みなさんの中の何名かのかたに、この特別な舞台に臨まれるフューラーをおそばで見守るという幸運を共有していただきたいと思います」

エリカはすばやく目だけを動かして、ハインリヒ・ヒムラーの姿を捜した。すぐにヒムラーは見つかった。その顔には驚愕の色が認められる。親衛隊長官としてフューラーの警護を任されているヒムラーには、まさに寝耳に水の知らせだったらしい。踊り場ではゲッベルスが勝ち誇った顔を見せている。またしても〈小人〉にしてやられたのだ。だが、〈小人〉の手の内にはまだ別のカードが残っていた。

「イタリアまでフューラーに同行していただくかたのリストは、一両日中にこちらで作成します。ですが、そのうち一名の名前は、今ここで発表しましょう……」

そう言うと、ゲッベルスは胸に手を当てて、会場の奥に目を向けた。

「マクダ、きみがまず筆頭だ」

マクダの周囲からわっと歓声が上がった。マクダは涙ぐんでいる。間を置かず、オーケストラが党歌の『旗を高く掲げよ《ホアスト・ヴェセル・リート》』の演奏を始め、招待客が合唱した。

「すぐにヒムラー長官のところに行きましょう」エリカが言った。「きっとおかんむりのはずよ」

しかし、トリスタンは何も言わなかった。その場から動こうともせず、ゲッベルスのいる踊り場をじっと見つめている。

「どうしたの？　そんなにゲッベルスが気になるの？」

トリスタンはまるで何も聞こえていないようだった。エリカはトリスタンの両手を掴んだ。

「具合が悪い？　会場が暑すぎたのかしら？」

すると、トリスタンはいきなりエリカに向きなおった。

「アマルリッヒの墓の写真を持っているかい？」

エリカは夜会用のバッグから写真を出した。トリスタンは写真を受け取るなり、じっと見入った。写真から顔を上げたとき、トリスタンの目は熱に浮かされたようになっていた。

「わかった。これでスワスティカはきっと見つかる！」

二七

一九四一年十一月
ロンドン
ブルームズベリー

　太陽の光がサロンを燦燦と照らしていたが、クロウリーは暗澹たる思いに沈んでいた。一方で、モイラ・オコナーは大きなテーブルの前に座り、クロウリーに五枚の写真を突きつけていた。写真はどれも、地獄の火《ヘルファイア》クラブで天蓋付きのベッドに娘の死体と並んで横たわるクロウリーを写したものだ。娘の手足はまだ切断されておらず、眠っているように見えた。唯一、喉を掻き切られた跡が、娘の死を物語っている。

「今のご時世、写真なんぞどうにでも加工できるんだ。なんの証明にもならんぞ」クロウリーは言った。

「そのとおり。でも、第一面にあんたの名前とこの写真が載ったら、新聞は飛ぶように売れるでしょうよ。新聞社は大喜びだわ。いい？　変態魔術師のあんたの悪評は、今さら変えられるもんじゃない。言うまでもないけど、戦前からあんたのスキャンダラスな記事は掃いて捨てるほどあったしね……。新しい記事のタイトルが目に浮かぶようだわ。《クロウリー、サタンとヒトラーに若い娘の生贄を捧ぐ》とか。でなきゃ、こんなのはどう？《殺人魔術師は間諜《かんちょう》だった》なんてね。あんたの雇い主はどう思うかしら」

クロウリーは悄然としていた。

「今まで、さんざん性悪女を見てきたがな、おまえほどひどいアマはいない！　アイルランドの糞溜めから拾い上げてやったのに、恩を仇で返しやがって！」

モイラは思いきりクロウリーの頬をはたいた。

「いつまでも調子に乗ってんじゃないよ、おたんちん！　あの頃のわたしはうぶな娘だった。そこにつけこんで騙したくせに。両親を殺されたわたしは、あんたに言いくるめられ、イギリス人の屋敷でさんざんこき使われた。いい暮らしをさせてやるとか、ずいぶん甘いことを言われたもんだわ。あんたみたいな男には、世間知らずの小娘をたらしこむなんて、赤子の手をひねるようなものだったでしょうよ」

「恩知らずな女だ。おまえをロンドンに連れてきたのは、このわたしだぞ。わたしの右腕として、かわいがってやったのに。おまえはそれで無上の悦楽の世界を知ったのだ」

「ああ、そうだったわ。変態のお友だちの相手をさせられたこともあったし。おかげで、大勢の男を知ることになった。だから、魔術や仲間と呼べる人間に出会えたことは、不幸中の幸いね。それがなければ、わたしはあんたのハーレムの一娼婦になっていたでしょうよ。だけど、それは過去のお話。写真のお代わりはいかが？」

そう言うと、モイラは写真の束から一枚を抜き出した。その写真では、クロウリーが娘の喉にナイフを突きつけている。

「よく撮れている一枚よ」

「まったく卑劣なことを。もういい。おまえの目的はなんだ？」

「SOEのあんたの新しい任務について情報を流してくれたら、写真のネガは金庫の中にしまっておくわ、厳重にね」

「写真はここにあるだけか？」

「もちろん、まだわんさとあるわよ。これはほんの序の口。わたしたちのおいしい関係は始まったばかりよ。芸術的な写真に守られてね。この写真はプレゼントしてあげる。あんたのコレクションに加えればいいわ。猥褻写真はあんたの趣味だったでしょ？」

「母国を裏切って恥ずかしくないのか？　ナチスに奉仕するなんて」

モイラは立ち上がり、荷物を手にした。

「イギリスなんか母国じゃないし、ヒトラーなんて、わたしにとっては一杯目のウイスキーみたいなもの。わたしは自分の得になるほうへ行くだけだから。SOEの上官には黙っていたほうが身のためよ。しゃべったら、あんたの変態面が〈デイリー・メール〉紙の第一面を飾るわよ」

モイラ・オコナーを乗せたタクシーが通りの角を曲がっていく。マローリーは三階の窓からそれを確かめるとカーテンを引き、部屋を出て、クロウリーとロールがいるサロンに向かった。サロンではロールが写真を広げて見ていた。クロウリーは二杯目のジンを飲んでいる。そして、魂を吸いとられたような顔を上げ、部屋に入ってきたマローリーを見た。

「あのあばずれ女がわたしを破滅へ追いやった……。もうおしまいだ」

「とにかく、全部正直に話してもらえたのでよかったですよ」

そう言って、マローリーは自分のグラスに酒を注いだ。

「あの女をとっつかまえてくれるよな？　証拠なら十分過ぎるくらい揃っているだろう？　あの女の金庫からネガを回収してくれ！」

マローリーは首を左右に振って謎めいた笑みを浮かべた。

「いや、そのままにしておきましょう」

「なんだって？」

「あの女の言うとおりにするんです。彼女にはまず、ヘスと面会した件を洗いざらい話してください。それから、向こうが要求してくる情報もすべて提供しましょう。わたしがサポートします」

「どういうことかね？」クロウリーが言った。

ロールは写真をうんざりしたように押しやると、説明を加えた。

「こちら側が優位に立てるような状況に仕向けていくということです。つまり、攪乱《かくらん》工作を仕掛けるんです」

「そのとおり。あなたには偽の情報を流してもらいます」

ロールがクロウリーの腕に手を掛けた。

「おめでとうございます。あなたは正式に二重スパイとして採用されました」

二八

一九一八年十月十三日
リール近郊
ウェルヴィック＝スュッド

「四年だぞ。もう四年も前線にいるのに、かすり傷一つないんだぜ！」

軍曹のエクステルマンは、塹壕の中で、部下たちに無傷の胸を見せびらかした。

「ほら、見てみろよ！　マルヌ、ヴェルダン、シュマン・デ・ダーム……、のきなみ激戦地を渡り歩いてきたっていうのに、このとおりさ。胸に弾の一つだって受けてやしない！」

塹壕の粘土質の壁にもたれかかり、男たちは無言で上官の話を聞いていた。ここのところ攻勢をかける間際に、エクステルマンはこうしてベラベラと無駄口を叩いており、誰もが辟易しているところだった。

「よし、今夜の歩哨は誰だ？」

四人の兵士が前に進み出た。ボロボロの軍用コート、泥にまみれたブーツ、ボサボサの髭。四人とも武器さえ持っていない。エクステルマンはすぐにカッとなる質《たち》だったが、何も見えなかったかのように振る舞った。

最後の攻撃のわずか十五分足らずのあいだに、部隊は三分の二の兵を失っていた。生き延びた者たちにしても、恐ろしい爆撃に晒されて大半は耳が聞こえなくなったり、震えが止まらなくなったりしていた。このような状況下で、兵士たちになぜライフル銃をなくしたのか問いつめるなど愚の骨頂だろう。歩哨を持ち場につかせると、エクステルマンは部下たちのほうに向きなおった。

「見てのとおり、今夜は歩哨を倍に増やした。あらかじめ伝えておくが、夜間にお客の訪問を受けるかもしれない」

兵士たちが怯えた表情になったのを見て、エクステルマンは大声で言った。

「違う違う、フランス軍の攻撃を言っているんじゃない！　お偉いさんのことだ。司令部から視察に来るんだ」

不満の声が返ってきた。塹壕線の兵士たちにとって、上級将校というのはいけ好かない存在だった。染み一つない正装。胸には燦然と輝く勲章をずらりと並べてやがる。どうせ前線など経験したこともない輩ばかりだろう。

「諸君の気持ちはよくわかる。兵隊の後ろに隠れてふんぞり返っている、いいご身分のお歴々だ……。おもしろく思わないのももっともだ。だがな、問題は別にある。銃剣すら持たない歩哨を立たせてお客をお迎えするわけにはいかないということだ！」

「武器でしたら、ないわけではありません」一人の兵士が答えた。「回収してくればいいのではないですか」

前回、ドイツ軍はほんの数百メートル前進したところで猛攻を受けていた。地上は死体と夥しい武器が折り重なって、まさに露天の武器庫と化している。

「だったら、てめえが塹壕を出て、銃を拾ってくるんだな！」隣の兵士が声を上げた。

「言っておくが、俺はごめんだぜ……」

まずい、とエクステルマンは察知した。このままでは売り言葉に買い言葉で、収拾がつかなくなる。

「誰も無人地帯《ノーマンズランド》へ行くことはない！　諸君には行かせない。約束する」

一人の古参兵が、礼を言うように制帽のつばを下げた。それは小柄でがっしりした体つきのヴュルテンベルク出身の農夫だった。常にリスクを最小限にとどめつつ、戦場を生き抜いてきたしたたか者である。

「賢明なご判断です、軍曹殿。しかしながら、銃を一丁も持たずに上級将校をお迎えするのでは、ご自身にとってもよろしくないのではありませんか」

エクステルマンはついカッとなった。

「わたしにどうしろと言うんだ？　わたしが行くわけにはいかないだろう」

「それはもちろんです」農夫がもっともらしく答えた。「部隊から兵士を出す必要もないでしょう。その代わり……」

農夫が急に声を潜めたので、エクステルマンは耳を近づけた。

「今朝がた到着した伝令がいます。命令を持ってきたのですが、まだ帰っていません。なにしろ後方が爆撃されていますので。思いますに、その男は待ちくたびれているのではないかと。何か仕事をさせてやったほうがいいのではありませんか」

「そいつはどこにいる？」

「掩蔽壕《えんぺいごう》(注23)の中で絵を描いています」


塹壕の上に渡した木製の橋が地下へ通じる入口の目印になっている。エクステルマンは、ぐらつく支柱が支える坑道に潜りこんだ。その先に爆撃の際に避難する四角い部屋がある。件《くだん》の伝令は部屋の隅に座っていた。フックに吊るされたランプの下で、手帳に何か描いている。

「気をつけ！」

伝令の男は弾かれるように立ち上がって、敬礼した。

「ヒトラー伍長であります、軍曹殿。なんなりとお命じください」

エクステルマンは目の前の男の薄っぺらい体に驚いた。今にも軍服の中で溶けてなくなりつつあるかに見える。顔も、口髭に負けてしまいそうなほど痩せこけている。

もう長くはあるまい。

そう考えたとたん、男を殺戮の場へと走らせる罪悪感が一気に薄れた。

「伍長、わたしは今、信頼できる人間を探しているのだ。実は……」

エクステルマンは、男の胸に輝く黒い勲章にはっと目を留めた。

こんな吹けば飛ぶような半病人が、いったいどうやって鉄十字勲章を手に入れたのだろう？　しかも一級鉄十字章だ！

「伍長、実はだな、無人地帯《ノーマンズランド》から銃を回収してきてくれる者がいないかと思ってね。確かにこれは困難を伴う任務であり……」

「わたしがまいりましょう」

エクステルマンは驚きを隠そうと取り繕った。

「まあ……その……」

「いつ決行ですか？」

エクステルマンは今一度、自分が死地へ送りこもうとしている男のことをまじまじと見つめた。

「伍長、出身は？」

「ウィーンですが、ミュンヘンで入隊しました(注24)」

「ずっと従軍しているのか？」

「はい。初日からずっと」

いかれている。エクステルマンは呆れた。わざわざオーストリアから、風穴を開けられるためにこんな地獄までやって来たというのか。

「あと二時間で日が落ちる。月は出ない。位置確認のため、照明弾を三度打ち上げる。質問は？」

「いいえ」

男は答えると、手帳を再び手にした。

エクステルマンは興味本位で覗きこんだ。手帳の見開きのページは、何やら図形でびっしり埋まっていた。しかも、それがどれも同じ形で、いろいろな角度から描かれている。四方の先端を垂直に折り曲げた十字架を右に回転させたような形である。

エクステルマンは肩をすくめた。まあ、どうでもいいことだ。どうせあと数時間もすれば、持ち主もろとも消えてなくなっているだろうから。


アドルフは、差し出されたヘルメットを断った。照明弾の光が金属に反射すれば、それこそ致命的だ。部隊の兵士が二人、塹壕の壁に梯子を立てかけた。

「敵の最前線は二百メートル先だが、武器はすぐには見つけられないだろう」エクステルマンが説明した。「前回、フランス軍は、われわれをぎりぎりまで自軍の塹壕に引きつけてから叩く作戦に出た。つまり……」

アドルフは頷いた。

つまり、使えそうな銃を手に入れるとするならば、できるだけ敵陣に近づかなければならないということだ。

よし……。アドルフは梯子の一段目に足を掛けた。

「ヒトラー伍長……」エクステルマンが大袈裟に口上を述べようとする。

それを最後まで聞くことなく、アドルフは塹壕の外へと飛び出した。


〝無人地帯《ノーマンズランド》〟とは、もともとイギリスの兵士たちによる造語だった。(注25)相対する両軍の最前線に挟まれた、占拠されていない中間地帯のことを表す言葉として、次第に前線で使われるようになったのだ。

塹壕を出ると、アドルフは運を天に任せ、左に針路をとった。砲弾の作った穴を抜け、身を屈めて、そっと慎重に進む。地面のあちこちに深い溝ができていて、いつ落下してもおかしくないような状況だ。落ちて足首でも骨折したら、万事休すだ。こんなところまで味方は探しに来てはくれないだろう。

栄誉も名声も手にすることなく、人知れず死んでゆくなど、まっぴらごめんだ。

アドルフは呼吸を整えようと立ち止まった。もうどれくらい歩いただろうか？　有刺鉄線が目印の敵の前線は、まだ見えてこない。だが、その一方で、ある臭気を感知していた。あらゆる臭いの中にあっても嗅ぎ分けることのできる臭い――。

　死臭だ。

　どうやらそれほど遠くはなさそうだ。そう思ったとき、不意に一陣の風が吹き、ガチャガチャと騒々しい金属音がした。あれは……最前線の兵士らが話していたやつだろう。夜襲に備え、フランス軍は、張り巡らした有刺鉄線に金属片をぶら下げているらしい。砲弾の破片やら曲がった銃剣やらが、いかなる敵の侵入も知らせてくれるというわけだ。アドルフはにやりとした。風は自分に味方してくれている。正常に作動するライフルを手に入れるには、いちいち遊底を動かして確かめていかなければならない。その際にガチャッと独特な音がするが、あの金属片の奏でる音が見事にそれを掻き消してくれるだろう。

　突然、空が青白く光った。照明弾がフランス軍の前線の上空で炸裂し、無人地帯《ノーマンズランド》全体を照らし出した。仰向けに倒れている兵士たちが見えた。飛び散った砲弾の破片で胸がえぐられている。アドルフは腹這いになると、盛土の陰に隠れながら兵士の一群目指して進みはじめた。しばらくして、二発目の照明弾が空中で弾けた。目標まであと数メートル。そう思った瞬間だった。突如激しい機銃掃射の嵐が吹き荒れた。嵐はひとしきり地面を掘り返したのち、ぴたりとやんだ。ほぼ同時に、手が一挺のライフル銃を掴みとっていた。遊底を動かしてみる。異常なし。アドルフはさらに手を伸ばすと、負い革を握って二挺目を引き寄せた。新たな照明弾がゆらゆらと落ちてくる。それが地上に到達した瞬間、再び闇が訪れた。

これで第一の任務は完了だ。続いての任務は何より重要である。そう、生還することだ。

アドルフは二挺の銃を交差させて両肩に担ぎ、両手を自由にした。今度は敵のほうが照明弾を打ち上げてくるのではないか。新たな不安につきまとわれる。照明弾を放たれてしまったら、一巻の終わりだ。

アドルフは再び匍匐《ほふく》前進を始めた。機銃掃射で穴だらけになった盛土に沿って進んでいく。端まで到達すると、アドルフは激しく打ち続ける鼓動を落ち着かせようとした。いつの間にか風はやんでいて、金属片が鳴る音ももう聞こえてこない。アドルフは、今度は四つん這いになり、ひたすら手探りで前進した。

そろそろ味方の前線のすぐそばまで達しているはずだった。ここまで来れば、もう敵の銃弾は届かない。立ち上がって普通に歩きたいところだが、銃撃を受ける危険性はまだ残っている。今度はドイツ軍からだ。出発前、エクステルマンにそう警告されていた。とにかく、自分が仲間であることを味方にわからせなければ。

そのとき、鋭い風切り音がした。大口径の砲弾ではない。音が高すぎる。一瞬間があり、かすかな物音がした。だが爆発は起きない。アドルフは塹壕に向かって突進した。

目前に迫った塹壕の中から、叫び声が上がる。

「ガスだ！　ガスだぞ！」

合言葉を言おうとしたが、不吉な異臭が肺に流れこみ、アドルフは塹壕の中に転がり落ちた。誰かに髪を摑まれ、口にぼろきれをあてがわれる。

「掩蔽壕へ急げ」

アドルフは、度を失った兵士たちの波に押し流されていった。途中、誰かに壁に押しつけられ、銃を取り上げられた。

「明かりをよこせ。怪我をしているようだ！」

アドルフは目を開けた。とたんに焼けつくような痛みに襲われる。

「ヒトラー！　ヒトラー！」

エクステルマンの声だ。だが、顔が見えない。アドルフは目の前に手をかざしてみた。何も見えない。

闇が広がっているだけだ。

アドルフは絶叫した。

視力を……視力を奪われてしまった。

二九

一九四一年十一月
ロンドン
ダウニング街一〇番地

「アメリカはイギリスを見殺しにする気かね！」

「めっそうもありません、首相。アメリカは今もなおナチスの脅威に対抗するあなたがたの忠実なる同盟国です。先月より、軍需物資の供与も倍にしておりますし……」(注26)

ウィンストン・チャーチルは拳でテーブルを叩いた。

「もういい！　終末の始まりまですでに秒読みの段階に入っているんだ。今、陸軍と海軍からの報告を聞いたろう？　バルバロッサ作戦はおおむね成功ということではないか。ドイツの装甲集団はモスクワのすぐそばまで迫っている。スターリンは長くは持ちこたえられんだろう。モスクワを落とせば、ドイツは巨大な兵器廠《へいきしょう》を手にすることになる。ソ連がやられてみろ、あとは時間の問題だ。われわれは一気にヒトラーに呑みこまれる。アメリカには参戦してもらわんと困る！」

陸軍大将と海軍大将の二人は傍らで首相とアメリカ大使とのやり取りを聞いていた。ソ連の戦局の行方について悲観的な見通しを述べてから、首相の怒りが収まらない。首相は直ちにジョン・ギルバート・ワイナント駐英アメリカ大使を呼びつけ、改めて二人に戦況の報告をさせたのだ。大使が椅子から立ち上がった。

「お聞き及びのことと思いますが、わたくしは一貫してルーズベルト大統領に対し、首相への支持を表明してまいりました。わたくしは前任者とは違います」

「ああ、ジョセフ・ケネディ[注27]の糞野郎以上に糞な奴はおらんだろうよ」チャーチルは唸った。「フューラーに迎合しやがって。あの反ユダヤのアイルランド移民の馬鹿はミュンヘン協定[注28]のあとでシャンパンを飲んでいたんだぞ」

「ですから、大統領は代わりにわたくしを任命したのです。大統領ともども、わたくしはアメリカ参戦を支持しております。ですが……」

「ですが……」チャーチルがあとを引き取った。「アメリカの世論がそれを許しません、だろう？」

「そのとおりです。アメリカは独裁国家ではありません。大統領が独断でドイツに宣戦布告するわけにはいかないのです」

チャーチルは椅子から立ち上がり、黙っている二人に近づいた。

「きみたちは友人であるアメリカ人たちが自ら手を汚すのに、何が必要だと思うかね？」

二人の将校は慎重に視線を交わした。海軍大将が口を開いた。

「ドイツ軍の潜水艦がアメリカの民間の船を攻撃するようなことになれば、アメリカは参戦するでしょう」

「ヒトラーはそこまで馬鹿ではない」チャーチルはぶすっとした顔で言った。「そんな危ない真似はせん」

「ヒトラーが動かなくても、ほかの枢軸国(注29)が動くかもしれません。ムッソリーニにアメリカとの接点がないことを鑑みると、残るは日本です。日本は太平洋を支配しようとしています。ドイツが東ヨーロッパを生存圏と見なしているように、日本は太平洋を生存圏として捉えています。天皇と首相の東条陸軍大将は、日出づる国に最も近い太平洋上のアメリカの領土に爆弾の雨を降らせる夢を毎晩のように見ているに違いありません」

アメリカ大使が咳払いをした。

「貴殿はまさか日本のサルどもにわが国を攻撃させたいわけではありますまい？　今の発言は聞かなかったことにしましょう」

ウィンストン・チャーチルは大使の前に立ち、大使を椅子に座らせると、両手を椅子の肘掛けについて迫った。

「ジョン、わたしはね、自分の魂を悪魔に売り、長女の操を捧げてもいいくらいの覚悟でいる。それでアメリカを参戦させることができるのであればね。ある朝、いきなり起こされて、気の触れた日本がハワイかどこかを航空攻撃したと知らされたら、わたしは協力者全員にシガールームを開放して、浴びるほど酒を飲むよ」

　アメリカ大使は毅然とした態度で立ち上がった。

「首相、起きたまま夢でもご覧になっているのではありませんか。ハワイには太平洋艦隊の主力が駐留しているのです。海空軍基地を除いても、八十隻以上の戦艦、駆逐艦、巡洋艦、潜水艦が軍港に集結しています。日本が太平洋最大の軍港を攻撃することはあり得ません。彼らには不可能です」

「なんという軍港かね？」

「パールハーバーです」


　首相官邸の執務室の控えの間は、馬に関するものばかりが飾られていた。狩猟の場面を描いた絵画や、拍車まで揃えた馬具一式が壁を豊かに彩り、以前マローリーが首相と面会したシェルターとは対照的だった。マローリーはスタッブス(注30)の絵画を仔細に眺めた。後ろ足で立ち上がった馬と馬上で帽子を片手にポーズをとる高貴な男性を描いたものだ。二人の秘書が働いている隣の部屋からはタイプライターを打つ軽快な音が聞こえてくる。マローリーは腕時計を見た。これで五回目だ。もう二時間も待たされている。モンセギュールでレリックを回収してきてから、首相とは毎月会議をするようになっていた。それも毎回十五分以内で済ませている。今回、マローリーは届いたばかりの情報を携えていた。トリスタンが脈のありそうな手がかりを得て動きだしたのだ。ヨーロッパのどこであれ、いつでもすぐに特殊部隊を送りこめるよう、手筈は整えてある。あとは首相からゴーサインをもらうばかりだ。

首相執務室のドアが開き、二人の将校と男が出てきた。男の顔を見て、マローリーはアメリカ大使だと気づいた。三人はマローリーがいるのも気にせず、話しつづけている。間もなく、大使はコートを手にした将校たちに挨拶をして立ち去った。

二人の将校のうち一人の顔には見覚えがあった。ややあって、マローリーは、その将校が〈ゴードンクラブ〉の会合の参加者で、陸軍参謀のクラークフィールド大将だと紹介されたことを思い出した。ナチスのオカルト思想がもたらす影響についてスピーチをしたあの晩のことだ。

クラークフィールドはマローリーをちらりと見てから、海軍大将に声をかけた。

「では、のちほど参謀長委員会で。あちらの御仁、知り合いなので挨拶してから行く」

海軍大将はマローリーを怪しむようにじろじろ見ていた。

「制服を着ていないということは民間人か。何者かね、あの中年男は?」海軍大将がぞんざいに尋ねた。

「しっ、聞こえているぞ。ＳＯＥだ」

海軍大将は制帽を被ると、吐き捨てるように言った。

「先の大戦では、敵を叩きのめすのにあんな連中は必要なかった。正攻法で戦おうとしない卑劣な奴らだ。大英帝国の名が廃るよ」

「アンドリュー、伍長止まりのチョビ髭男に正攻法が通用すると思うか？　時代は変わったんだ。当然、大英帝国も戦争の手法を変えていかねばならない」

海軍大将は先に部屋を出ていった。マローリーには会話が聞こえていたが、口は挟まなかった。創設以来、ＳＯＥのやり口についてはよろしくない噂がいくつも出回っている。噂の出どころは、たいていＭＩ６や海軍情報部だ。

クラークフィールドはマローリーに近づくと、力強く握手した。

「マローリー司令官、モンセギュールではご活躍の由、何よりでした。よくぞやり遂げたと、感服するばかりです。ところで、手に入れたレリックは今どちらにあるのでしょうか？」

三〇

一九四一年十一月
ベルリン
アーネンエルベ本部

鎧戸の隙間から朝日が射しこみはじめ、それからだいぶ時間が経ってから、ようやくエリカは目を覚ました。手を伸ばして隣を探ってみたが、恋人はすでにいない。昨晩、ゲッベルスの夜会から帰る道すがら、トリスタンに説明を求めたが断られてしまった。自分の勘が正しいかまず確かめたいのだと言う。エリカは無理に聞き出そうとはしなかった。発見が間近に迫っているときの、あの熱に浮かされたような興奮状態に陥る瞬間は、エリカ自身にも経験がある。有力な手がかりを見つけたと直感が告げているときに、水を差すような言動は控えるべきだ。

朝の空気は冷えこんでいた。エリカは毛布を引き上げながら、前の晩にあった出来事を次々と思い返してみた。社交界のあれこれについては考えるまでもない。そんなことより、ゲッベルスの発表について考えたかった。旅行嫌いのフューラーが、なぜムッソリーニに会いにヴェネツィアまで出かけるのだろう？　フューラーの狙いは地中海で、その次はオリエントなのだろうか？　帝国植民地でイギリスを叩くために？　いや、そんな地政学的な考察はどうでもいい。そうではなく、気になるのはゲッベルスの口から発表されたということだ。エリカは胸騒ぎを覚えた。〈小人〉がプロパガンダに長けているのは周知の事実だ。ゲッベルスがそのヴェネツィアでの会談のお膳立てをしたのだとすれば、ずいぶんな離れ業をやってのけたものだ。会談をすれば、ドイツがソ連に勝利したことが一挙に全世界に知れわたる。それによってチャーチルは望みを絶たれ、アメリカはアメリカで参戦はしないという結論に至る。

まさに偉業と言っていいだろう。

ヒムラーを爪弾きにしたこと以外は。もはやヒムラーはゲームの外にいる。今後、フューラーが判断を下す場にヒムラーの姿はないということだ。

エリカは喉が締めつけられるような思いがした。自分にはスワスティカの探求を絶対に成功させることが求められている。エリカは跳ね起きた。トリスタンが頼みの綱だ。何かしら成果を上げてもらわないといけない。それも、早急に。

古文書保管庫は、アーネンエルベでも最重要クラスの部屋の一つだった。手稿、それも特に中世の写本や、世界各国の貴重な史料の膨大なコレクションは、絶えず増えつづけている。一つ目のスワスティカが発見されたチベット遠征の際も、この保管庫で準備が進められていたのだ。トリスタンは、大量の古い史料や装丁が崩れそうな書物を書庫から出してもらっていた。

エリカが保管庫に入ってきたとき、トリスタンは卓上ルーペを使って古い地図を観察しながら、そこに何か書きこんでいた。作業の邪魔をしないように、エリカは埃を被った紋章の選集を手に取り、乾燥しきったページを適当にめくった。机の中央には二つ折りにされたアマルリッヒの墓の写真がある。

「アマルリッヒには名字がないよね?」鉛筆を置いて、トリスタンが言った。「昨晩ゲッベルスが演説でしきりにフューラーのことに触れていたときに、ふとそれに気づいたんだ」

「それで?」

「礼拝堂できみが墓石の写真撮影に立ち会っているあいだ、俺は医務室で年老いた修道士と話をしていただろう? 彼はフューラーの熱烈な支持者で、フューラーが訪問したときのことを話してくれたが、それだけではないんだ。礼拝堂に埋葬された騎士についても詳しく教えてくれた。アマルリッヒはMecuplus《メクプルス》と呼ばれていたらしい」

「ラテン語風の響きね。ほかにはとりたてて……」

「メクプルスという名前は存在しないんだ」トリスタンは山積みになった本を指した。「系譜や紋章を調べてみた。そういった名前の人物は見当たらなかった」

妙に思い、エリカは紙を一枚取って、縦に文字を連ねていった。M‐E‐C‐U……。

トリスタンが途中で遮った。

「俺も同じことを考えた」

「アナグラム？」

「そう。できた単語は一つだけ。Speculum《スペクルム》だ」

「鏡ね」即座にエリカがラテン語を訳した。「でも、それが何を意味するのかしら？」

「些細なことなんだ。鏡に自分の姿を映すと、右手は鏡の中では左手だ。左右が反転する。それで思いついたんだ」

エリカが疑わしそうな目をすると、トリスタンは墓石の写真を見せた。

「ほら、写真を縦に折って左右二つに分割するだろう？　それから、それぞれの輪郭を紙に写しとって、それを重ねあわせると……」

エリカはトリスタンから渡された左右それぞれの写し書きを重ねあわせてみた。

「肩の線も、脚の線も、ぴったり合わさるね？　つまり、左右対称だ。じゃあ、足先はというと……どうかな？」

「拍車が一致しないわ！」

ほぼ徹夜の作業だったが、トリスタンは口もとを緩めて笑った。

「ほら、よく見たまえ。重ねた拍車のギザギザの部分が文字に見えてこないか？　最初は

Bだろう？　次はR、それからA……」

「焦らさないでよ！」

「言葉を完成させると、BRAGADIN《ブラガディン》だ」

エリカはやや拍子抜けした。

「言葉というより、名前ね。場所か名字か。そこから何がわかるの？」

トリスタンは再びにやりとした。

「ブラガディンが固有名詞なら、辞典で調べるのが手っ取り早いんじゃないか？」

トリスタンは大判の分厚い辞典を引き寄せた。色褪せた小口から短剣の形をした栞がはみ出ている。

「まさか、もう見つけていたの？」

「ブラガディンはひじょうに由緒ある家名だった。代々、豪商や気鋭の政治家、名将などを輩出している家系だ。その中にクレタ島の総督もいた」

エリカはトリスタンを熱く見つめた。この男を本当に愛しているのかわからなくなるときもあるが、今は愛しているという気持ちに嘘はない。トリスタンは自分を窮地から救ってくれたのだ。これでやっとヒムラーに手がかりを得たことを報告できる。

「さらに、代々名士として成功していた一族は御殿を建て、数世紀にわたりそこに住み続けていたらしい」

「それはどこなの？」

トリスタンは先ほどまで調べていた古い地図の前にエリカを連れてくると、ルーペを覗くよう促した。ルーペを覗きこむと、住居を示す黒い四角の記号がまっすぐな通りの両脇に並んでいる。そのうちの一つが鉛筆で丸く囲ってあった。記号の上にはイタリック体で〈Bragadin《ブラガディン》〉と書かれている。

ふとエリカはルーペから目を離し、地図の全体を見た。

地図の町は水の中を泳ぐ魚の形をしている。

それがどこなのか、すぐにわかった。

ヴェネツィアだ。

しばらくしてから、トリスタンが再び古文書保管庫を覗きこんだとき、中はハチの巣をつついたような騒ぎになっていた。朝方の静けさはどこへやら、代わりに花粉を求めて飛び回るミツバチのように、研究員たちがせかせかと動き回っている。何年も放置されていた棚を探す者、熱心に目録を調べる者。あとの者はエリカの指示で大急ぎで資料をまとめている。エリカは要求の多い女王のごとく、資料を受け取ったり突き返したりしていた。

「ブラガディン家のすべてが知りたいの。出自、歴史、家系の途絶、なんでも。御殿のあるカステッロ地区についてもね。地図、年代記、逸話集、すべてよ」

「時間を効率的に使っているようだね」トリスタンは感心した。

「明日、ヒムラー長官と会う予定よ。だから準備は万全にしておきたいの。ハイドリヒSD(注31)長官も同席するそうよ」

「SDおよびゲシュタポ長官だよね……」トリスタンが付け加えた。「そんな人と対面しなければならないなんて緊張してしまうな。ちょっと息抜きに散歩でもしてくるよ」

トリスタンはエリカにキスをしようと屈んだが、エリカはすでに資料に目を通すのに没頭していた。


辺りはうっすらと靄がかかり、霧氷も見られた。トリスタンは教会前の広場に着くと、食料品店の前で立ち止まり、磨かれたショーウィンドーを覗いて慎重に背後を確認した。通りには人気《ひとけ》はなかったが、だからといって安心はできない。目を閉じて、足音を忍ばせる。息を殺して誰かが近づく気配がないか、耳を澄ました。しかし、周囲はしんとしている。いずれにしても、ここでぐずぐずしているわけにはいかない。教会にいられる時間は少ししかないのだ。

教会の扉は音もなく開いた。前回来たときよりも身廊《しんろう》が一段と暗い色を帯びていた。そこここから絶望が滲み出している。十字架上のキリストでさえ、虚空にうなだれ、再び死に瀕しているように見えた。聖具室の扉は開いていた。中に入ろうとすると、椅子がひっくり返る音がした。トリスタンは急いで壁に身を寄せ、ドアの隙間から中の様子をうかがった。神父が床に倒れ、祈禱台に手をかけて起き上がろうとしている。トリスタンは駆け寄った。神父以外、聖具室には誰もいない。

「誰にやられたのです？」床に流れている血を見て、トリスタンは声を上げた。

「聖歌隊の子どもが密告したのです。ゲシュタポの男が来て、殴られました」

「あのことを話したのですか？」

急に、神父は晴れやかな表情を見せた。

「話す余裕すらありませんでした。だいぶ出血していますが、神が痛みを取り除いてくださいました。主よ、感謝いたします」

「ゲシュタポの男はどこですか？」

「司祭館を調べています」

トリスタンは用意していたメッセージをぎゅっと握りしめた。スワスティカを探しにヴェネツィアに向かうことをなんとしてもマローリーに知らせねばならない。そして、ヒトラーとムッソリーニがヴェネツィアで会談することも。戦争の行方を左右する極めて重要な情報である。神父がトリスタンの腕に触れた。

「メッセージを隠す場所を変えておきました。もう献金箱ではありません。墓地に行ってください。シュティフター家の墓。青銅のキリストの十字架像の下です。毎日誰かが来て、あなたのメッセージを回収し、ロンドンからの指示書を置いていきます。すぐにお行きなさい。急いで！」

「あなたをこのまま放ってはおけません！」

「神の手にわたしを委ねるのです。あなたのために祈りましょう」

トリスタンは立ち上がった。足もとでは呟くような主の祈りが始まっていた。墓地は教会に隣接している。直接通じる通用口がどこかにあるはずだ。身廊でトリスタンは墓地の位置を思い浮かべた。左側の壁伝いに行けば通用口があるのではないか？　急ごう。

だが、その先はステンドグラスが連なっていて、その下には、まばらなロウソクの光に照らされた聖人像しかない。ドアは見当たらなかった。

「どこへ行く？」

十字架のキリスト像の前まで来たとき、誰かに呼び止められた。トリスタンは驚くふうでもなくゆっくりと振り返った。革のブレザーをぴっちりと着こんだ男が両手で鉄の棒を持って立っている。

「神父に会ったのか？」

トリスタンは頷いた。

「つまり、貴様は見なくてよいものを見たということだな」

ゲシュタポは鉄棒を縦に構えながら近づいてきた。

「あの坊主で肩慣らしをしたところだ。貴様のことはもっとかわいがってやろう」

「キリストを前にして人を殺すのか？」

「キリストがどうした。ただの穢らわしいユダ公だろうが！」

トリスタンは十字架に近づくと、いきなり手を掛けて、床に引き倒した。キリストが床石の上でばらばらに砕ける。釘が椅子の下に飛んでいき、棘の冠が金属音を立てて転がった。

「そんなこけおどしが通用するものか……」

ゲシュタポが鉄棒を頭上に振りかぶった。一瞬、首が無防備になる。ここぞとばかり、トリスタンは錆びた冠を摑んで、神父の仇の喉に突き刺した。

「破傷風の予防接種を済ませていることを祈るよ」

ゲシュタポが、首から勢いよく噴出する血を信じられないように見つめながら、血の滴る棘の冠に手をやった。

「おっと、そいつを抜いたら、死ぬぜ」

ゲシュタポはためらった。

「抜かなくても、死ぬけどな。好きにしろよ」

墓地に向かう前、トリスタンは暗い色調の絵の下を通りかかった。恐ろしい形相の悪魔が亡者たちを地獄まで護送している。トリスタンはにやっと笑って悪魔に挨拶をした。

「よう、今そっちに一人、送っておいたよ」

（下巻へ続く）

巻末脚注

PROLOGUE

（1）女神レアに選ばれた場所

ウラノスとガイアの娘レアは、夫のクロノスが生まれてきた子どもを次々と呑みこんでしまうため、夫に産着にくるんだ石を与えて、末っ子のゼウスを助けた。そして、ゼウスをクレタ島に隠し、養育をニンフの手に委ねる。ゼウスは島の蜂蜜で育てられ、蜂蜜は神の食べ物としてあがめられてきたという。（ギリシャ神話より）

第一部

（1）ヒトラーが生まれる前から、わたしはいる

アレイスター・クロウリーは、新約聖書の《アブラハムが生まれる前から、わたしはいるのです》（ヨハネの福音書八章五十八節）というキリストの言葉を模している。

（2）**アミルカー**
フランスの小型車メーカー、アミルカー社（一九二一－一九三九）の小型スポーツカー。

（3）**クノッソス**
クレタ島中央北部にあった古代都市。クレタ島の中心イラクリオンから五キロほど南のケファラの丘に、紀元前十八～十六世紀に最も栄えたミノア文明の宮殿跡がある。

（4）**アンフォラ**
古代の壺の一種で二つの持ち手が付いている。

（5）**ミノタウロスと迷宮《ラビュリントス》の神話**
ミノタウロスはクレタ王ミノスの妻が牡牛と交わって生まれた、牡牛の頭と人間の体を持つ怪物。王はミノタウロスが人目に触れないように、いくつもの部屋と通路が錯綜した迷宮――ラビュリントスを作らせて中に閉じこめた。（ギリシャ神話より）

（6）**シュトゥーカ**
ユンカースＪｕ87の愛称として知られる。Stuka《シュトゥーカ》は「Sturz（急降下）」、「kampf（戦闘）」、

「flugzeug（航空機）」の三つの語から成る「Sturzkampfflugzeug（急降下爆撃機）」の略称。機体を正面から見るとW字型をした主翼（逆ガル翼）と急降下時のサイレン音（威嚇用吹鳴機）がＪｕ87の特徴。

（7）**空襲監視員**
イギリスの空襲監視員（ＡＲＰ＝Air Raid Precautions）は民間ボランティアの警備組織で、空襲警報発令中、市民の安全を監視する。〈Ｗ〉は「Warden（監視員）」の頭文字。

（8）**ヴァレリーの詩**
ポール・ヴァレリーの詩〈海辺の墓場〉の一節。

（9）**〈ヨハネの黙示録〉の四騎士《フォー・ホースメン》**
新約聖書の〈ヨハネの黙示録〉（第六章）で、神が持つ巻物の七つの封印のうち第一から第四の封印が解かれたときに現れる、厄災をもたらす四名の騎乗の者たち。

（10）**ブフテルン**
オーストリアの菓子で、パン生地に沢山のプルーンジャム等を練りこんで焼き上げたもの。

(11) **オーストリア＝ハンガリー帝国**
一八六七〜一九一八。オーストリア帝国とハンガリー王国からなり、ハプスブルク家のオーストリア皇帝がハンガリー国王を兼ねる同君連合の二重帝国。

(12) **水張り**
水を溶媒とする描画時に歪みを生じにくくするため、紙を水で濡らし、木製パネルやベニヤ板を包みこむように貼りつける手法。

(13) **ガーデン・ノーム**
人間の形をした想像上の小さな生き物を模した像で、庭に飾られる。

(14) **イェルク・ランツ**
本名はアドルフ・ヨーゼフ・ランツ。

（15）**反キリスト**
キリストを否定し、人を惑わす存在。新約聖書の〈ヨハネの手紙第一〉および〈第二〉で述べられている。

（16）**ウーゾ**
アニスの香りがするギリシャの蒸留酒。

（17）**ＭＩ５**
英国保安局。国内治安維持に責任を有する情報機関。ＭＩ６（英国情報局秘密情報部）は国外の情報を担当している。

（18）**摂理《プロビデンス》の目**
三角形の中に目が描かれた図像などがある。この隻眼の図像は、キリスト教で神の目を意味する意匠として用いられ、フリーメイソンのあいだでも宇宙を築いた偉大なる存在の象徴として使用されている。

（19）**Perdurabo**《ペルデュラボー》
ラテン語で「われ耐え忍ばん」の意。

（20）**サフラジェット**
女性参政権活動家を指す。イギリスでは一九一八年に女性にはじめて選挙権が認められた。

（21）**地獄の火**《ヘルファイア》**クラブ**
十八世紀にイギリスに創設された社交クラブ。反キリスト的な秘密結社を標榜するも、その実態は欲望と快楽を満たすための上流階級向けの遊びの場であった。スキャンダルにより、長くは続かず閉鎖された。

（22）**アサメ**
魔術崇拝のイニシエーションなどに使われる儀式用の短剣。

（23）**ゲピエール**
ウエストを細く整える女性用下着。

(24) **魔法円**
魔女術において、儀式をおこなうために描かれる円。

(25) **ブーディカ**
一世紀のケルト人氏族の女王。グレート・ブリテン島を支配するローマ人に抗して蜂起した。

(26) **ドゥルガー**
ヒンドゥー教の戦いと勝利の女神。シヴァ神の妻。

(27) **カーリー**
ヒンドゥー教の殺戮と恐怖の女神。シヴァ神の妻。

(28) **カリアッハヴェーラ**
スコットランド高地やアイルランドにおける冬の妖精。動物たちの守護精霊。

(29) **アスタルテ**
カナン（フェニキア）神話の豊穣と生殖の女神。

(30) **ベスティア**
北欧神話に登場する女巨人。ベストラとも呼ばれる。

(31) **ヤールンサクサ**
北欧神話に登場する女巨人。

(32) **セクメト**
エジプト神話に登場する戦いと疫病を司る女神で、雌ライオンの頭を持つ。アスタルテと同一視されることもある。

(33) **ベローナ**
ローマ神話の戦いの女神。

(34) **イシュタル**
バビロニア神話の愛欲、大地、戦を司る女神。

(35) **RSHA**
ナチス・ドイツの親衛隊（SS）組織内にある本部の一つ。国家保安本部（Reichssicherheitshauptamt der SS）の略称。帝国の警察、保安、諜報機関を一つにまとめた中央組織。

(36) **カバラ**
ユダヤ教の伝統的な神秘主義思想。

(37) **『岩窟の野獣』**
一九三九年に公開されたイギリスの映画。監督はアルフレッド・ヒッチコック。赤毛の女優はモーリン・オハラ。日本公開は一九五二年。

(38) **トーガ**
古代ローマ市民が着用した上衣で、一枚の布を体に巻くようにして着る。

（39）お持ちの幸福をいくばくか残していかれんことを
『吸血鬼ドラキュラ』（ブラム・ストーカー著／田内志文訳／角川書店）第二章より引用。

（40）セレマ
アレイスター・クロウリーの神秘主義的思想・哲学体系。《汝の欲することを為せ》がその教義の中核をなす。

（41）タルムード
ユダヤ教の聖典。

第二部

（1）シトー会
一〇九八年、フランスの修道士ロベールによってシトーに設立された修道院が発祥となるカトリック修道会。

（2）**レヴィアタン**
旧約聖書に登場する海の幻獣で、中世以降、嫉妬を司る悪魔とされるようになった。リヴァイアサンとも呼ばれる。

（3）**聖書に書かれているとおりだ**
新訳聖書〈コロサイ人への手紙〉三章九、十節《古い人をその行いと共に脱ぎ捨て、造り主の姿に倣う新しい人を身に着け、日々新たにされて、真の知識に達するのです》（新共同訳より）

（4）**イディッシュ語**
中・東欧のユダヤ人の間で話されていたドイツ語に近い言葉。

（5）**トーラー**
ユダヤ教の律法のことで、モーセ五書（旧約聖書の最初の五つの書）を指す。

（6）**逮捕され、拘禁されている**
オズワルド・モズレーは一九四三年十一月に釈放された。

（7）**カズラ**
司祭がミサのときに着用する祭服。

（8）**三十三章十一節**
このシーンでは合言葉として使われているが、イザヤ書三十三章十一節は以下のとおりである。《枯草をはらみ、わらを産め／火のような霊がお前たちをなめ尽くす》（新共同訳より）
ちなみにイザヤ書の三十三章では、おおよそ、「人はみな罪びとであるが、神に憐れみを求めて祈るなら、神は立ち上がって救いの手を伸べる。悔い改めない者には神は報復をする」といったことが述べられている。

（9）**シュナップス**
ドイツの蒸留酒の一つ。ジャガイモと麦芽を原料に造られる。

（10）**キャメロット城**
アーサー王が築いた城。『アーサー王物語』に心酔していたヒムラーは、円卓の騎士の故事にちなみ、ヴェヴェルスブルク城に十二人の騎士が座れるような〝騎士の間〟を作り、騎士の儀礼をおこなったという。

（11）**ウィーンがイスラム教一色に染まるのを免れた**
一六八三年、オスマン帝国は神聖ローマ帝国の支配するオーストリアの都ウィーンを包囲攻撃したが敗北した（第二次ウィーン包囲）。

（12）**フライングバットレス**
ゴシック様式の聖堂において、ヴォールト屋根の側圧を外側のバットレス（控壁）に伝えるために空中に架けられた梁材。

（13）**冤罪事件**
一三〇七年、フィリップ四世がフランス全土においてテンプル騎士団の構成員を一斉に逮捕。異端的行為などの不当な罪を着せ、火刑に処した。

（14）**アプヴェーア**
ドイツ国防軍の諜報機関。

（15）**イースター蜂起**
一九一六年四月、ダブリン市内で独立派が武装蜂起し、アイルランド共和国の独立を宣言したが、イギリス軍によって弾圧され、多くの犠牲者が出た。イギリス政府はアイルランドを支援したドイツ帝国を批判した。

(16) **大管区指導者《ガウライター》**

大管区（ナチス・ドイツの行政区分で最大単位の地方組織）の政治指導者。

(17) **主が与え、主が取られたのだ**

旧約聖書〈ヨブ記〉一章二十一節の一部。《そして言った、／「わたしは裸で母の胎を出た。また裸でかしこに帰ろう。主が与え、主が取られたのだ。主のみ名はほむべきかな」》（口語訳より）

(18) **モートラック**

スコッチウイスキー。力強い味わいのシングルモルト。

(19) **ユダヤ人たちを助けるために奮闘しているんだ**

クエーカー教徒（キリスト教プロテスタントの宗派）は、この第二次世界大戦中と戦後のユダヤ人支援活動等の功績が認められ、一九四七年にノーベル平和賞を受賞することになる。

(20) **ベルクホーフ**

ドイツ南東部のオーバーザルツベルクにあったヒトラーの別荘。

(21) **アドルフおじさん**

子どものいないヒトラーはゲッベルス家の子どもたちを可愛がり、子どもたちはヒトラーのことを〈アドルフおじさん〉と呼んでいた。

(22) **〈養鶏家〉に逆戻り**

ヒムラーは以前に養鶏業に携わっていたことがある。

(23) **掩蔽壕《えんぺいごう》**

装備や物資、人員などを敵の攻撃から守るための施設。

(24) **ウィーンですが、ミュンヘンで入隊しました**

オーストリア当局から「兵役不適合、虚弱」と判定されたヒトラーは、一九一四年八月三日にドイツ軍に志願、その数日後にバイエルン連隊に入隊した。

(25) **イギリスの兵士たちによる造語だった**

この意ではじめて用いたのは、イギリス陸軍将校で軍事史家のアーネスト・スウィントンだった。

(26) **軍需物資の供与**

アメリカは一九四一年三月十一日に武器貸与法(レンドリース法)を制定し、イギリスなど枢軸国側と戦う国に武器や軍需物資を貸与した。

(27) **ジョセフ・ケネディ**

第三十五代アメリカ合衆国大統領(一九六一年就任)ジョン・F・ケネディの父。アメリカ大使としてイギリスに駐在し、当時の首相ネヴィル・チェンバレンのヒトラーに対する宥和政策を支持した。自身は反ユダヤ主義である。

(28) **ミュンヘン協定**

一九三八年九月、ドイツのズデーテン地方(チェコスロヴァキア)併合問題で、英仏独伊の首脳が会談し、イギリスの宥和政策によってドイツの要求が容認された。

（29）**枢軸国**

独伊と同盟関係にあった国々。ここでは一九四〇年九月に三国間条約を結んだ日独伊を指す。

（30）**スタッブス**

ジョージ・スタッブス（一七二四－一八〇六）。馬を描いた作品で知られるイギリスの画家。

（31）**SD**

ナチス・ドイツの親衛隊内部におかれた情報部。親衛隊情報部（Sicherheitsdienst）の略称。

邪神《メシア》の覚醒　上

LE CYCLE DU SOLEIL NOIR Volume 2
LA NUIT DU MAL

2020年4月23日　初版第一刷発行

著者…… エリック・ジャコメッティ & ジャック・ラヴェンヌ
監訳……………………………………………………… 大林 薫
翻訳……………………… 江村諭実香／郷奈緒子／練合薫子
翻訳コーディネート ………………………………… 高野 優
カバーイラスト ………………………………………… 久保周史
デザイン ………………………… 坂野公一（welle design）
本文組版 ………………………………… 株式会社エストール

発行人 ……………………………………………………… 後藤明信
発行所 ………………………………………………… 株式会社竹書房
〒102-0072　東京都千代田区飯田橋2-7-3
電話　03-3264-1576（代表）
03-3234-6301（編集）
http://www.takeshobo.co.jp
印刷所 ……………………………………… 中央精版印刷株式会社

ISBN978-4-8019-2192-4 C0197